L'HOMME NOIR

PAR

A. SIRVEN

1re LIVRAISON.

Hauteville House.
9 août

D'un homme aussi [...] sensible,
comme Dieu le recommande providentiellement, [...] Dieu Félicien,
[...] a le livre. [...]
[...] Dieu [...] auprès [...]
Voltaire, [...] votre talent
doit aider ce concours à la première
heure [...] par [...] esprit;
la société actuelle a besoin
des graves leçons de la libre
pensée; j'espère pour [...]
un beau succès.

Croyez à mes [...] sympathies.

Victor Hugo

L'HOMME NOIR

PAR

ALFRED SIRVEN

I

LA FAMILLE KNAUSS

Dans une ruelle contiguë à la rue d'Anjou, on pouvait voir en 18** une petite boutique de chétive apparence d'où se faisait entendre, depuis cinq heures du matin jusqu'à minuit, le bruit monotone d'un tour.

De temps en temps un refrain venait rompre cette monotonie, et ces chants prouvaient que la gaieté, à défaut d'abondance, régnait dans cet intérieur laborieux.

La famille Knauss n'était pas riche, en effet, et depuis plus de trente ans que le père Roboam s'était établi, il n'avait pu réussir à assurer d'une manière convenable l'existence des siens.

Cette honorable famille se composait de quatre personnes, aux caractères bien distincts, que nous allons essayer de décrire en quelques lignes.

Madame Knauss, âgée de cinquante ans environ, femme austère, énergique autant que douce, et fermement attachée à la foi de Moïse.

Son mari, Roboam Knauss, bon, mais faible, crédule, non par naïveté, mais par droiture de cœur.

Siméon, leur fils, caractère loyal, âme fortement trempée ; courageux, intrépide et d'une remarquable perspicacité.

Enfin Siona, leur fille, la créature la plus adorable que jamais imagination de vingt ans ait rêvée.

Siona avait dix-huit ans.

Elle était belle, mais non de cette beauté qui consiste uniquement dans la régularité des traits, rayon éphémère de la jeunesse.

Sa beauté était comme un reflet de son âme, pure et candide.

Ses cheveux, épais et du plus beau noir, encadraient, en ondulant, son joli visage au teint mat ; une frange soyeuse de longs cils bordait ses paupières, et ses grands yeux noirs, surmontés de sourcils bien arqués, semblaient formés pour enflammer ou attendrir, pour commander ou supplier.

Ajoutez à ces perfections un nez aquilin et parfait, des dents aussi blanches que les perles les plus lactées, une taille riche et souple à la fois, cet éternel ravissement du peintre et du poëte, et vous connaîtrez notre héroïne.

Le cœur de Siona ne s'était pas encore ouvert à l'amour ; c'est qu'elle ne vivait pas de cette vie oisive qui corrompt et tue la jeunesse dans sa fleur : elle travaillait.

Mais tandis que ses doigts, adorablement effilés, mariaient, avec une exquise délicatesse, des fils d'or ou d'argent à du velours ou de la soie, sa voix redisait, comme un écho fidèle, les passages qui l'avaient le plus frappée de l'œuvre musicale qu'elle avait entendue la veille.

Et le tour du vieux Knauss cessait son trop monotone accompagnement, le marteau de Siméon restait comme cloué sur l'établi, et la vieille Knauss admirait.

De tous les arts, en effet, la musique était celui qui avait le plus de charmes pour Siona.

Son imagination lui avait maintes fois montré, au milieu d'une auréole lumineuse, ce grand mot, *Art!* — Mais, hélas! la jeune fille, tout en sentant en elle ce feu sacré qui fait l'artiste, se résignait à son sort, à la vue du peu de ressources de sa famille.

II

ROBE BLANCHE

Neuf heures venaient de sonner. La nuit était belle; à chaque minute une étoile nouvelle s'allumait au firmament.

Accoudés au balcon du second étage d'une maison d'assez bonne apparence, deux jeunes gens paraissaient prêter la plus grande attention à un chant de jeune fille qui partait d'un étage inférieur.

— Que tu es heureux, Léon, soupira le vicomte de Baudréant, que tu es heureux, cher ami, d'habiter dans la cage d'une si ravissante Philomèle !

— Oui, la voix est aussi douce que la chanteuse est belle.

— La connais-tu ? demanda le vicomte.

— C'est une de mes élèves, fit Léon Rieux.

— Tu ne m'en avais jamais parlé.

— Elle a commencé ses leçons depuis huit jours à peine, et je t'assure que dans quelques mois elle en remontrera à la belle duchesse Rappt, qui miaule depuis bientôt deux ans.

— Tant mieux, cher Léon, je désire qu'elle fasse honneur à son maître.

— J'attends beaucoup de ses dispositions.

— La musique est donc pour cette jeune fille une question d'avenir ?

— Oui.

Et il ajouta en riant :

— Elle appartient à une famille d'ouvriers, c'est te dire qu'elle a hâte d'arriver.

— Mais alors les leçons que tu lui donnes doivent peu te rapporter.

— Pour le moment, elles ne me rapportent rien; mais j'escompte l'avenir, et si mon espérance n'est pas déçue...

— Que veux-tu dire?

— C'est bien simple... Mais, au fait, quel intérêt ce récit peut-il avoir pour toi?

— Il a pour moi un double intérêt, dit en rougissant un peu M. de Beaudréant : le premier c'est que rien de ce qui te touche ne m'est indifférent, et...

— Et le second? fit Léon en souriant malignement.

— Le second... Eh bien, je t'avouerai que la voix douce et sympathique que je viens d'entendre m'a impressionné plus que jamais voix de femme n'a pu le faire, et je me sens pénétré...

— Déjà! exclama Léon. Oh! devant de pareils feux je me garderai d'achever mon récit.

— Je t'en prie; tu as excité ma curiosité, satisfais-la... non, attends un peu, fit-il en se penchant vers le balcon, car la voix qui l'avait si profondément touché venait encore de se faire entendre.

— Je suis à toi, Léon, dit le vicomte dès que le chant eut cessé, j'écoute l'histoire de ton élève.

— Tu le veux? soit : il y a un mois environ, la soirée ressemblait à celle-ci, j'étais à ce même balcon. J'entendis la même voix et comme toi je fus surpris, ému. Et cependant les émissions des sons de cette voix qui me charmait indiquaient clairement que la chanteuse possédait les seuls moyens que dame nature lui avait répartis, avec ce goût pourtant, cet esprit d'intuition qui sont le propre de toute femme bien douée.

Que serait-ce, me dis-je, si à ces dons naturels venait s'ajouter la science de la vocalisation, du bien dire en chantant? — Et j'eus immédiatement la pensée de former une *prima donna* qui pût un jour me faire honneur.

Je connaissais la locataire chez qui j'avais vu entrer la jeune fille; j'allai la trouver et lui fis part de l'idée qu'avaient fait naître en moi les dispositions de la belle enfant.

Il me fut répondu que Siona ne désirerait rien tant que d'apprendre la musique, mais que sa famille ne pouvant faire aucun sacrifice, elle devait renoncer à réaliser son rêve le plus cher.

— Si ce n'est que cela, répondis-je tout joyeux, rassurez-la. Je suis tellement certain qu'elle arrivera, et en peu de temps, que je consens, si elle le veut bien, à être son professeur; elle me paiera mes leçons lorsque la position que lui donnera son talent lui permettra de le faire sans la moindre gêne.

— Cœur d'or! exclama le vicomte en prenant les mains de Léon.

— C'est comme tu viens de le faire que me remercia l'amie de ma future élève. Quelques jours après, Siona venait prendre chez moi sa première leçon.

— En voilà assez pour m'intéresser à cette jeune fille, et mon plus ardent désir est maintenant de la voir, de l'entendre... Quand viendra-t-elle?

— Permets, mon ami, fit Léon; je connais ton caractère inflammable et tes idées assez légères sur le chapitre des femmes. Aussi me permettras-tu de faire mes réserves.

— Allons, enfant, as-tu peur que je te l'enlève? répondit le vicomte en souriant.

— Eh! eh! pourquoi pas? Le récit que tu m'as fait de tes exploits me rend prudent. Et puis ne suis-je pas moralement responsable? Bref, j'ai une très-grande confiance en la vertu de Siona, mais en la tienne...

— Trève de plaisanteries, Léon. Quel jour et à quelle heure viendra-t-elle? Après avoir vu chez toi nos célébrités artistiques et nos sirènes de Bréda-Street, je serais curieux d'y admirer une Jenny : le contraste sera piquant. Et qui sait, je lui serai peut-être utile ainsi qu'à sa famille!

— Merci, Hector, pour tes bonnes intentions; mais je connais les services que tu pourrais lui rendre...

— Comment! tu doutes encore?

— Non, certes, tu peux en effet beaucoup, mais je crains que tu ne fasses payer cher tes bienfaits.

A ce moment le bruit d'une porte que l'on fermait se fit entendre. Le vicomte regarda dans la rue et vit sortir trois personnes qu'il ne put qu'imparfaitement distinguer.

— C'est elle assurément, dit-il. Oh! je la verrai.

Et, prenant son chapeau, il se disposait à sortir, lorsque le professeur l'arrêta.

— Quant tu seras dans la rue, elle aura disparu, car sa demeure est à deux pas d'ici. Mais puisque tu tiens tant à la voir et que tu me promets d'être sage, viens demain vers une heure.

Accoudés au balcon du second étage... (Page 6.)

— J'y serai, fit le vicomte de Beaudréant rayonnant de joie.

— Tu ne resteras pas longtemps, car tu l'effaroucherais ; et puis n'oublie pas qu'elle a besoin de travailler.

— Ne crains rien.

Et les deux amis se séparèrent.

III

ÉBLOUISSEMENT

Le vicomte Hector de Beaudréant fut exact au rendez-vous.

Après quelques paroles échangées entre les deux amis, et au moment même où le vicomte commençait à s'inquiéter de l'absence de la belle Juive, Siona arriva.

Il resta muet de surprise.

Toute la grâce dont il s'était plu à former dans sa pensée l'image idéale de la chanteuse, tout ce que ses rêves avaient pu enfanter de plus audacieusement beau, de plus merveilleusement séduisant, pâlissait, s'effaçait devant la beauté simple et pure de la jeune fille.

Léon avait parlé au vicomte d'une artiste, d'une femme à l'imagination ardente et puissamment développée; celui-ci se trouvait en présence d'une enfant divinement belle et délicieusement ingénue.

Ce n'était pas le fruit mûr et appétissant d'une éducation déjà virile; c'était la fleur légère et doucement parfumée, qu'un souffle peut briser et qu'un rayon de soleil trop brûlant peut flétrir; humble et poétique sensitive.

Et pourtant son regard clair et franc n'avait pas cette incertitude qui voile le regard de la vierge timide.

Ses yeux noirs se fixaient, confiants et calmes, sur le vicomte, qu'elle voyait cependant pour la première fois.

Lui, au contraire, le viveur, le sceptique, se troubla, s'émut, balbutia, et finit par s'incliner avec respect devant tant de perfections.

Siona s'approcha du piano; Léon toucha les lames d'ivoire. Les premiers accords retentirent sonores et harmonieux.

Hector sentit passer dans tout son être un indéfinissable frisson; une émotion vague, sorte de bien-être physique et moral à la fois, s'empara de lui.

Bientôt la voix suave de Siona se déploya en gammes mélo-
dieuses, prélude d'un chant mystique.

C'était une de ces mélopées au rhythme antique, simples et tou-
chantes, et qui semblent un chant du vieil Orient venu jusqu'à
nous.

Un charme étrange, indicible s'en exhalait ; la mélodie se caden-
çait tantôt vive, tantôt rêveuse, voluptueuse toujours, et rayonnante
comme un magique reflet du chaud soleil de Chanaan.

C'était un cantique judaïque, le rêve d'une âme exaltée dans
l'exil éternel ; quelque chose comme le songe de la terre promise.
Merveilleux exécutant, et doué d'une nature enthousiaste, Léon,
courbé sur le clavier, mettait toute son âme à communiquer la vie à
l'instrument puissant. Siona, la poitrine haletante, les yeux inspi-
rés, s'était transfigurée ; c'était maintenant la croyante enthousiaste,
exaltant dans un chant divin son art et son Dieu, qu'elle confondait
dans un même amour. Un instant la voix mâle de Léon se fit entendre, soutenant celle de la belle Juive ; puis Siona continua seule ;
de ses lèvres s'échappa une magistrale et touchante invocation au
dieu d'Israël, invocation qui terminait le morceau.

Un silence profond, ce silence respectueux qu'inspire la sublimité du beau à tout être doué d'intelligence, avant que son admiration éclate en des démonstrations bruyantes, régna pendant quelques secondes.

Siona, encore sous l'empire des chastes joies qu'elle venait
d'éprouver, fit quelques pas, et, subitement éclairé par un rayon de
lumière, son beau visage parut resplendissant.

Hector de Beaudréant la vit passer comme dans un éclair d'amour
et de volupté.

Son cœur cessa de battre et son âme éprouva un immense
éblouissement.

IV

LE LION BLESSÉ

L'amour avait d'abord agi en quelque sorte comme stupéfiant sur le cerveau d'Hector de Beaudréant.

Pendant toute la leçon de chant à laquelle il avait assisté, ses lèvres avaient vainement tenté de murmurer quelques paroles, mais il n'avait pu retrouver dans sa mémoire une de ces phrases qui forment le répertoire de la politesse banale des gens du monde.

Il avait vu entrer Siona chez Léon, l'avait contemplée, et il l'avait laissée partir, sans rien tenter pour entrer en relation avec elle.

Livré à lui-même, il resta quelque temps encore sous cette toute-puissante impression qui l'avait terrassé; mais bientôt, sa nature violente se révolta, son implacable orgueil de gentilhomme secoua le joug.

Une exclamation de dépit et de colère s'échappa de sa poitrine oppressée; il releva fièrement la tête, pour jeter un défi à cet amour immense qui l'avait si brusquement abattu. Et par l'effet de cette réaction il en arriva bientôt à méconnaître la portée du but qu'il voulait atteindre; à s'exagérer la facilité de la victoire par la ferme volonté où il était de vaincre.

Le vicomte Hector de Beaudréant, habitué à surmonter les obstacles par le prestige de son nom redondant, par son élégance d'homme du monde, sa générosité et surtout par sa confiance en lui-même, ne jugea pas nécessaire de déployer tout cet attirail de séductions pour triompher de Siona.

Il pensa que la modeste ouvrière serait facilement éblouie; et de la fille du peuple, il ne vit que la pauvreté.

La pensée de l'or arracha un sourire à ce riche habitué à le prodiguer; il songea que la plébéienne ne résisterait pas aux fauves éclairs du métal tentateur.

L'or devint à ses yeux le grand promoteur et le puissant correctif de toute faute humaine, le miroir ardent susceptible d'enflammer tous les cœurs et de fondre toutes les colères. Il éprouva une sorte de joie fébrile à le tenir entre ses mains, à lui prodiguer d'étranges caresses ; car il lui semblait, dans son exaltation, qu'il tenait sous sa main le velouté frémissant de la chair. Les sonores retentissements du métal se répercutaient et caressaient son oreille, comme un doux bruit de baisers d'amour.

Il se sentait fort et sûr de vaincre. Mais par cela même qu'aucun doute ne surgissait dans son esprit, qu'aucun obstacle ne lui apparaissait à l'horizon, il voulut mettre une certaine volupté à retarder l'accomplissement de son bonheur. Et c'est progressivement qu'il chercha à faire agir sur l'esprit de Siona les tentations de la fortune.

Il commença par l'offre, délicatement faite, de quelques partitions utiles aux études de la chanteuse.

Ces simples gracieusetés furent naïvement acceptées.

Mais bientôt, profitant du succès d'un opéra nouveau, Hector voulut faire hommage à la jeune fille d'un exemplaire luxueux de l'œuvre en vogue.

Il la lui apporta merveilleusement reliée en velours blanc, avec dos, fermoir et angles d'argent massif exécutés *en repoussé* par Froment-Meurice et finement ciselés par un artiste de grand talent et de haute réputation.

Les deux lettres *S. K.*, incrustées dans un riche médaillon du même métal, se dessinaient en élégantes arabesques de perles fines sur une épaisse et large lame de jade vert travaillé à jour.

C'était un cadeau princier.

En le voyant, Siona trahit d'abord une joie et une émotion mal contenues ; mais bientôt sa fierté native se révolta à l'idée d'accepter un présent de si haute valeur d'un jeune homme, presque d'un inconnu.

Elle remercia gracieusement Hector, et refusa.

Léon Rieux, qui avait craint un instant que sa chère élève ne succombât à la tentation, se sentit heureux de sa conduite.

De Beaudréant fut abasourdi de ce refus, et son amour-propre en chercha les motifs dans toute autre cause que celle qui avait été le mobile de la résolution spontanée de la jeune fille.

Il ne pouvait entrer, en effet, dans l'esprit de l'opulent dandy, que l'instinct seul de l'honnêteté eût suffi à combattre une séduction si habilement conduite.

De telles délicatesses devaient forcément échapper à son jugement blasé.

Il pensa que la *petite fille* n'avait pas compris ou bien qu'elle voulait faire faire le siége en règle de sa vertu.

« Bah ! se dit-il, les ouvrières veulent qu'on leur *fasse la cour !* cela est trivial, mais la jolie enfant en vaut la peine ; puis cela m'amusera. »

Le vicomte Hector de Beaudréant se mentait à lui-même.

Il plaisantait, raillait, se croyant fort, et ne cherchait en réalité qu'à s'étourdir.

Il était bien réellement blessé au cœur.

V

RUSES PERDUES

Siona était du nombre de ces jeunes filles qui ne vivent que par le cœur et ne mettent pas de bornes à leurs sacrifices dès que l'amour a parlé en elles.

Hector de Beaudréant, pour la première fois, essuyait une résistance sérieuse : il n'en fut que plus acharné après sa proie.

Il tenta ce second moyen, qu'il croyait infaillible : il se fit amoureux.

Il joua l'amour en comédien consommé ; mais ses œillades assassines, ses paroles passionnées, furent sans le moindre effet sur notre héroïne.

Le vicomte épuisa en vain tout le répertoire de la galanterie.

Il faut bien reconnaître cependant que si Siona restait insensible à tant de soins, inconsciente qu'elle était du but que le vicomte s'était proposé d'atteindre, elle était quelque peu flattée des attentions dont elle se voyait l'objet; aussi, dès ce moment, consacrat-elle un peu plus de temps à sa toilette.

Mais tout cela était affaire d'innocente coquetterie; son cœur resta sourd et ses mouvements n'en furent pas plus précipités.

Il n'en fut pas de même pour de Beaudréant; comme le présomptueux insecte qui joue avec la flamme, il se brûla à cet amour qu'il avait traité d'abord en débauché.

— Je l'avoue à ma grande honte, mon cher Léon, dit-il un jour à son ami, je suis amoureux de ton élève.

— C'est un malheur pour toi, répondit le professeur, car il me semble qu'elle est loin de partager ton amour, ce qui est très-heureux, du reste, pour elle et pour moi.

— Pourquoi donc?

— Eh! mon Dieu, tu dois me comprendre.

— Du tout, fit assez aigrement le vicomte, explique-toi.

— Cher ami, ne te fâche pas. Je vois à ton accent que tu es réellement épris, mais aussi je devine que tu es furieusement contrarié de l'être.

Je poursuis : en admettant que ma Philomèle eût répondu à tes feux, que serait-il advenu? Tu aurais ouvert sa cage paternelle pour l'enfermer dans une autre que tu lui aurais faite coquette, dorée même. — Puis, ton caprice passé, tu lui aurais tout simplement ouvert ladite cage, peu soucieux du chemin qu'aurait pris l'oiseau.

Et j'aurais ainsi perdu une diva qui devait me faire honneur et un ami que je ne pouvais plus estimer.

— Accable-moi, abuse de l'amitié qui nous unit. Patience... Si sa vertu l'a protégée jusqu'à ce jour contre les piéges que je lui ai tendus, je suis loin de me croire vaincu. Je me suis mis en tête d'avoir cette Siona. — Je l'aurai!

VI

AMOUR HONNÊTE

— Ah! ah! ah! fit Léon Rieux en riant à gorge déployée, toi épouser une ouvrière!

— Eh! qu'importe? s'écria de Beaudréant, qu'importe sa pauvreté? que me fait sa naissance obscure? Je l'aime, te dis-je, de toutes les forces de mon âme.

Écoute-moi, Léon : comme toi, je n'ai pas cru d'abord à cette passion folle qui prend ma vie; j'ai attribué à un caprice cette ardeur singulière, inconnue, qui me dévorait. J'en ai ri, je l'ai raillée, j'ai joué avec, puis un jour, je ne sais pourquoi, j'ai eu peur, alors j'ai engagé avec mon cœur un duel terrible; lutte de toutes les minutes, de toutes les secondes. Oh! j'ai bien souffert!...

J'ai résisté longtemps, espérant toujours triompher. Aujourd'hui, je viens te l'avouer : je suis vaincu! Je rends les armes!

Elle est pauvre, bien pauvre, mais ne suis-je pas riche pour deux?

— Tout beau! tout beau! rien n'est plus aisé que de dévider en paroles les affaires les plus embrouillées. La famille Knauss, que je connais à fond aujourd'hui, partage à ce sujet les idées de ta mère, ainsi...

— Vraiment, on dirait que tu prends un malin plaisir à me susciter des obstacles.

— Tu me juges mal, cher ami, je raisonne, voilà tout, et je raisonne froidement, parce que j'ai le cœur libre, et que je suis plus sage que toi; je ne choisis pas, comme toi, pour assouvir mes sens, une pâture impossible.

— Impossible, dis-tu, c'est ce que nous verrons. Tu m'es dévoué, n'est-ce pas? eh bien! promets-moi ton concours pour ce que je vais tenter.

— Oui, s'il s'agit de ton projet enfantin de mariage, répondit en

Siona s'approcha du piano. (Page 16.)

souriant Léon; non, s'il est question d'un enlèvement ou de toute
autre extravagance dont je te sais capable.

— Fort bien. Ecoute-moi. Ma mère désire mon bonheur, et, pour
me rendre heureux, il n'est pas de sacrifice qu'elle ne soit capable
de faire. Elle m'a souvent trouvé, tu le sais, d'excellents partis, et
je les ai toujours refusés sans qu'elle manifestât le moindre mécon-

tentement : la liberté pour le choix d'une épouse est et a toujours été pour ma mère une chose sacrée. Elle consentirait donc peut-être à une mésalliance; mais avant de tenter une démarche aussi sérieuse, il me faut le consentement de Siona.

— Voilà le difficile. Cette jeune fille, élevée dans le respect et l'affection des siens, ne consentira jamais, je le crains, à se séparer de sa famille d'une façon absolue... et ta position...

— Ai-je d'avance besoin d'un consentement ?

— Il serait certainement inutile, si son amour pour toi était arrivé à ce point où l'on foule aux pieds les affections les plus fermement ancrées, où l'on ne voit plus que le but que le cœur veut atteindre. Cet amour prend alors le nom de passion, de folie; il naît et s'éteint en peu de temps. Voilà comment tu aimes Siona, cher ami, et pour peu qu'elle t'aimât de cette façon, tu en ferais bientôt ton esclave... heureusement elle n'a pas pour toi le plus petit penchant.

Le vicomte ne répondit pas. Il semblait découragé, abattu.

— Enfin, cher ami, continua le professeur, quel est ce plan pour la réalisation duquel tu viens de faire appel à mon amitié? Parle, je suis à toi.

De Beaudréant laissa tomber sur ses genoux la main qui cachait son front et regarda fixement son ami.

— Ton empire est grand sur la famille Knauss, dit-il, sonde donc le terrain, approfondis, scrute la pensée de la mère, celle du frère surtout, — car ce dernier est celui que je redoute le plus, à cause de son caractère farouche, intraitable sur ce qu'il appelle sa dignité, son honneur. Avant peu, tu le sais, ma mère donnera une soirée.

— Oui, eh bien?

— Il faut que Siona y vienne chanter. Je la présenterai à ma mère.

— A merveille! s'écria le professeur, je crois qu'amener Siona chez ta mère ne me sera pas très-difficile. Je suis parvenu, tu le sais, à avoir raison des répugnances de la famille Knauss, et il a même été décidé que je ferais débuter mon élève à la salle Chantereine. Ta soirée devant avoir lieu la semaine prochaine, je l'y conduirai: ce sera là une excellente répétition.

— Mon bon! mon cher Léon! exclama le vicomte en pressant les mains de son ami dans les siennes.

— A propos, reprit ce dernier, ta soirée n'est pas seulement musicale, elle est encore dansante et costumée.

— Pourquoi cette réflexion?

— Ah! voici : la famille de ton adorée est loin d'être riche. Ces Knauss sont des ouvriers, ni plus ni moins; ils vont être obligés de faire des sacrifices, de se priver, j'en suis certain, pour préparer la toilette de Siona pour le concert où je dois la conduire. Et tu comprends qu'ils seront dans l'impossibilité de doubler les dépenses; louer un costume, c'est cher...

— Qu'à cela ne tienne, mon Dieu! d'ici à deux jours, tu recevras chez toi un déguisement dont tu lui feras hommage; elle acceptera de son professeur, ajouta tristement le vicomte, ce qu'elle n'accepterait pas de moi. Allons, va, cours chez elle. — Moi, avant de parler à ma mère, je vais mettre dans mes intérêts un puissant auxiliaire, son confesseur, son ami, le prédicateur à la mode...

— Le père Rollet?

— Lui-même.

VII

LE RÉVEREND PÈRE ROLLET

Un quart d'heure après sa conversation avec Léon Rieux, le vicomte de Beaudréant rejoignait le père Rollet dans le jardin des Tuileries, sa promenade habituelle.

Encore tout ému, Hector l'aborda vivement, et lui prenant le bras :

— Je viens, dit-il, pour la première fois de ma vie vous demander un de ces services qu'on ne demande qu'aux amis sûrs et dévoués, un de ces services qui ne s'acquittent que par un dévouement de tous les instants.

Étonné, au premier abord, de cette expansion à laquelle le vicomte, fort réservé d'ordinaire, ne l'avait nullement accoutumé, le père Rollet le regarda un instant avec surprise, puis, se remettant aussitôt, répondit simplement, en entraînant son interlocuteur vers un groupe de chaises inoccupé et situé dans un endroit écarté de la foule: Venez par ici, nous pourrons causer tout à notre aise.

Le père Rollet était un homme de haute taille, à la démarche un peu altière, malgré l'humilité affectée de sa physionomie, aux gestes brusques et à la voix cassante quand il lui arrivait d'oublier qu'il était le ministre d'un Dieu tout de charité.

Sous ces apparences de simplicité et de modestie on devinait cependant l'effort d'une puissante volonté.

L'observateur comprenait à quelle gêne, à quelle compression cette nature ardente, passionnée, violente même, avait dû être soumise pour prendre le masque de la bonhomie et de la candeur.

Les premières paroles d'Hector furent pour dépeindre au père Rollet l'exaltation de sa passion.

Le prêtre écouta avec une étrange avidité la description que lui fit le vicomte de l'admirable beauté de Siona.

Le feu que mettait Hector de Beaudréant à raconter toutes les phases de son amour s'accrut en raison de l'attention que lui prêtait le jésuite.

Enfin, il aborda, après de longues circonlocutions, la partie difficile de sa confidence.

Il avait doublement besoin des conseils et de l'appui de Rollet, pour lui d'abord, que la raison et le sang-froid abandonnaient, et pour convaincre sa mère, qui peut-être ne consentirait pas à une mésalliance.

— Une mésalliance! exclama Rollet, une mésalliance! Ai-je bien compris?

— Jusqu'ici je n'ai éprouvé de la part de Siona que roideur et refus...

— Eh bien?

— Eh bien, je veux en finir; je l'épouserai.

— Vous? le vicomte de Beaudréant?

— Moi!

— Vous vous allierez à une fille du peuple? à une ouvrière?

— Le vicomte de Beaudréant épousera Siona, dit Hector avec gravité, parce qu'il l'aime et qu'il veut être aimé d'elle.

Peu lui importent, du reste, sa fortune et sa naissance.

— Allons! ce que vous voulez, je le devine, c'est moins devenir l'époux de cette enfant que son maître.

— Peut-être!... le sais-je d'ailleurs? je vous l'ai dit, ce n'est plus la raison qui me guide, c'est l'amour, et l'amour est aveugle.

— Soit. Son confesseur? Dites-moi son nom.

— Son confesseur? répondit en pâlissant Hector, son confesseur? Ah! mon ami, dans quelle épouvantable réalité me jette cette question;... fou que j'étais! de quel sot espoir m'étais-je bercé!

— Que voulez-vous dire?

— Eh! mon Dieu! Celle que j'aime est juive!... juive, entendez-vous bien? Comprenez-vous quel terrible obstacle nous sépare? Et je n'y avais pas songé! Ah! je n'ai plus d'espoir.

— Enfant! C'est au contraire dans cette révélation que j'entrevois pour vous l'espérance du succès, et je ne conçois même pas que votre première parole n'ait pas été pour me faire connaître la religion de Siona.

— Expliquez-vous... De grâce!...

— Votre mère, comtesse de Beaudréant, riche d'une fortune immense, et dont l'esprit ne transige pas avec les questions précises, eût refusé son consentement au mariage de son fils avec une ouvrière sans fortune et sans nom. Mais quand je lui dirai qu'il importe à la gloire de la sainte Église catholique et romaine, et à la sienne propre, que pour devenir sa fille une hérétique, une Juive renie sa foi et embrasse notre religion, elle n'hésitera pas.

— Que dites-vous?... Mais non, cela est impossible, Siona ne voudra jamais souscrire à ce marché, et, d'ailleurs, sa famille est fidèlement attachée à la religion de ses ancêtres, le père Knauss refuserait son consentement.

— En est-il besoin?

— Il me semble...

— Laissez-moi agir; pourrai-je voir la belle enfant?

— Elle doit venir au bal que donne ma mère; elle sera présentée comme cantatrice, par son professeur Léon Rieux.

Au nom de Léon Rieux, le père Rollet fronça légèrement les

sourcils, mais son visage reprit bientôt son masque de placidité.

— Bien, fit-il, vous me la présenterez.

D'ici là, pas un mot de tout ceci à votre mère.

Pas un mot surtout à Léon Rieux.

— Je serai muet ; mais songez que tout mon bonheur est entre vos mains.

— Dieu aidant, fit le jésuite en se séparant d'Hector, Dieu aidant, je réussirai.

Et à part lui, et avec une expression indéfinissable :

— Oh ! oui ! je réussirai.

VIII

ESCARMOUCHES

Il est onze heures du soir. Les calèches brûlent le pavé de la rue de Lille, et s'arrêtent devant la porte cochère d'un hôtel de belle apparence. Cet hôtel est celui de la comtesse de Beaudréant.

Un éclairage féerique s'étend des salons du premier étage jusque dans la cour d'entrée, — ce qui permet aux curieux assemblés dans la rue d'apercevoir de temps à autre quelques jolis minois sortis d'un capuchon de soie, ou bien une jambe plus ou moins bien modelée qu'un court costume de bal laisse inopinément à découvert.

Une musique entraînante se fait entendre.

Entrons.

Les costumes ont été empruntés, pour la plupart, aux règnes de Henri II et de Charles IX ; ils sont étincelants et siéent à merveille, aux femmes surtout.

— Tu parais soucieux, serais-tu souffrant, Hector ? dit M\ᵐᵉ de Beaudréant à son fils.

— Oh ! non, ma mère, répondit le vicomte en étouffant un soupir, cette petite fête me rend au contraire bien heureux.

— Le père Rollet est-il arrivé ?

— Il vient d'entrer à l'instant dans la salle de jeu, où il restera jusqu'à la fin du bal, suivant son habitude.

— Dix heures déjà ! murmura le vicomte en jetant un regard inquiet sur la pendule, et elle n'est pas encore ici. Léon m'aurait-il trompé ?

Et il s'éloignait de sa mère dont il appréhendait les questions, lorsque la comtesse :

— A propos, Hector, ton ami Léon tarde bien à venir, avec cet élève de talent que tu m'as fait espérer. As-tu reçu leurs excuses ?

— Non, ma mère, et je ne puis comprendre...

A ce moment un domestique annonça M. Léon Rieux et Mᵐᵉ Siona Knauss.

— Enfin ! soupira le vicomte, et le cœur bondissant, la figure rayonnante de bonheur, il alla au-devant des nouveaux venus qu'il présenta à la comtesse.

Pendant que cette dernière complimentait la belle Juive sur sa grâce et son élégance, Hector prit la main de son ami et la serrant affectueusement :

— Merci et pardon, car j'ai douté de toi un moment.

— Je te pardonne de grand cœur ; mais je ne dois pas te cacher que j'ai eu beaucoup à lutter contre la famille de Siona avant d'obtenir de la conduire ici. Siméon, son frère, m'a surtout donné un mal...

Quand il lui a vu revêtir le costume que tu lui as procuré, il est devenu furieux, en a prédit la perte de sa sœur, en protestant avec une énergie presque violente contre la faiblesse de ses parents.

— Oh ! ce frère !...

— Enfin, cher ami, comment la trouves-tu ?

— Tu me demandes cela, quand tous les regards sont attachés sur elle, quand nos marquises et duchesses la jalousent ! Oh ! Léon, quel ange ! que de perfections !

— Quand on aime une femme, on ne voit que ses qualités, quitte à ne voir plus que ses défauts quand on cesse de l'aimer, dit sentencieusement Léon.

— Mon ami, fit le vicomte, juge-moi, je t'en prie, avec moins de sévérité. Je sens en moi des trésors inépuisables de tendresse que je serais heureux de déposer aux pieds de cette belle enfant.

— Soit.

Le costume de la jeune Juive, choisi par le vicomte, était un des plus riches vêtements orientaux. Hector avait fait preuve de goût, en faisant choix de ce travestissement qui pouvait le mieux s'harmoniser avec le genre de beauté de celle qu'il aimait.

Une simarre de soie de Perse, fond pourpre brodé de fleurs, laissait à découvert un cou et des bras charmants. Tout offrait en Siona une réunion d'attraits qui ne le cédaient en rien à ceux des belles orgueilleuses qui fourbissaient déjà à son intention leurs sarcasmes les plus acérés.

Quelques-unes, réunies à l'un des coins du salon, avaient commencé l'attaque.

— Quelle est cette personne?

— Une *cantatrice*, élève de M. Léon Rieux.

— Alors elle ne vient que pour chanter? La comtesse la reçoit cependant fort bien.

— Mᵐᵉ de Beaudréant est si bonne! Et puis elle a tant de condescendance pour les désirs de son fils! dit une troisième d'un ton railleur.

— Vous croiriez?...

— Je le crains, madame.

Et ces dames, qui faisaient partie de toutes les confréries religieuses, qui étaient presque toutes *dames patronnesses*, auraient ainsi continué à mordre avec entrain dans la réputation de Siona, si les accents d'une voix langoureuse et puissante ne fussent venus les interrompre.

C'était la belle Juive qui entonnait la fameuse cavatine du chef-d'œuvre d'Halévy : *Il va venir*...

A ce moment, au coin d'une porte donnant dans la salle de jeu, on aurait pu voir, immobile comme une statue, enveloppé dans sa robe noire et les yeux attachés sur la cantatrice avec une incompréhensible avidité, l'ami des Beaudréant, le Jésuite César Rollet.

Et Siona ne chantait plus qu'il semblait encore chercher à retenir l'écho mourant des derniers sons.

Tout à coup, il se sentit effleurer la main par un éventail.

Est-ce à M. Rollet que j'ai l'honneur de parler ?

— Ah ! c'est vous, duchesse, fit-il tout ému, en s'adressant à
Mme de Mercey, une des dames qui faisait le mieux sa partie dans le
concert de médisance organisé aux dépens de la belle Juive.

— Moi, en effet.

Et, s'apercevant du trouble de Rollet, elle ajouta :

— Vous ne vous attendiez donc pas à me trouver ici, puisque ma présence vous fait tant d'impression ?

— Non... en vérité, duchesse... Mon cœur cependant aurait dû vous pressentir...

— A la bonne heure ; mais ces paroles flatteuses ont mis bien du temps à sortir de votre bouche. Quoi qu'il en soit, je n'en constate pas moins que vous étiez très-ému, très-embarrassé...

— Oh ! duchesse...

— Oui, embarrassé, je maintiens le mot.

Et après une pause :

— Si je vous savais sensible à la musique, je lui attribuerais votre trouble. A moins, fit-elle en souriant malignement, que vous n'ayez été fasciné, charmé par la voix de cette chanteuse de profession.

— Comment pouvez-vous supposer, duchesse, qu'il y ait une autre cause que celle... ?

— Soit, je veux bien vous croire.

Et elle ajouta tout bas, bien bas :

— Le monde m'ennuie ; je voudrais passer trois jours à mon château de Préval, viendrez-vous m'y tenir compagnie ?

— Oui, mon adorée duchesse. Que ces trois jours ne sont-ils autant de siècles !

— On ne saurait être plus galant, fit Mᵐᵉ de Mercey en minaudant d'une façon charmante.

Puis, apercevant Hector de Beaudréant :

— Vicomte, lui dit-elle, je faisais à votre ami Rollet l'éloge de cette soirée, et tout spécialement de votre cantatrice ; elle a une voix délicieuse, et ce serait pour notre paroisse une bien bonne acquisition.

— En vérité ! exclama le révérend père.

— Il n'y a qu'un malheur, répondit Hector, c'est qu'elle est israélite.

— Comme vous dites cela, vicomte, observa la duchesse de Mercey.

Et en s'éloignant des deux amis, elle murmura :

— Je ne m'étais pas trompée : Hector aime cette créature. Tant pis pour la *jolie* princesse Marie.

— Cette jeune fille que je viens d'entendre chanter si merveilleusement est donc la femme que vous aimez, que vous voulez épouser, et qu'il faut que je convertisse ? demanda le jésuite au vicomte.

— Précisément.

— Je comprends que cette belle enfant vous ait inspiré tant d'amour, mon cher Hector, mais ne craignez-vous pas que cet amour ne soit qu'une fantaisie, qu'un caprice ?

Le vicomte était tellement absorbé qu'il ne prit pas garde à l'émotion avec laquelle son ami prononça ces dernières paroles.

Il se contenta de répondre d'une manière évasive.

— Ne parlons plus de cela, vous connaissez mes intentions, secondez-les de votre mieux, mon ami.

— Fort bien. Mais comment verrai-je la jeune fille ? Peut-elle sortir sans être accompagnée de l'un des siens ? si ses parents se doutaient qu'elle se rend chez un prêtre...

— Ne va-t-elle pas chez son professeur de musique ? Eh bien ! au lieu d'aller tous les jours chez lui, elle ira chez vous.

— Ah ! très-bien, maintenant présentez-moi.

Quelques minutes après, Siona causait avec l'abbé, dont l'âme était de plus en plus embrasée.

Ce dernier faisait néanmoins son possible pour cacher sous les paroles les plus sentencieuses, les plus réservées, les plus bigotes, les ardeurs charnelles que la belle Juive avait fait naître en lui.

Le vicomte, confiant dans le jésuite, l'avait laissé seul avec son amante dans une des pièces reculées de l'appartement.

— Mon enfant, disait l'homme noir en prenant avec volupté les jolies mains de Siona, remerciez la Providence qui m'a mis sur votre chemin ; sans moi, je vous le dis en confidence, vous auriez été perdue, déshonorée.

— Que dites-vous, monsieur ? fit tout émue la jeune fille ; mais je suis ici chez Mme la comtesse de Beaudréant, avec M. Léon, mon professeur, un homme connu de tous pour son extrême honorabilité.

— Trop naïve enfant, interrompit doucement César Rollet, n'avez-vous donc plus souvenance des paroles de feu qu'a prononcées à vos oreilles le vicomte de Beaudréant ? Avez-vous oublié que vous l'avez repoussé, découragé, désespéré ?

— Ne devais-je pas agir ainsi, monsieur ? Pauvre comme je le suis, pouvais-je prendre au sérieux l'amour d'un homme de si haute condition ?

— Vous avez fait votre devoir, ma fille. Mais, hélas! vos refus obstinés n'ont servi qu'à rendre plus ardents les désirs du vicomte.

— Dois-je donc fuir cette maison ?

— Non, mais être sur vos gardes. C'est le conseil de votre meilleur ami.

Rollet appuya sur ces derniers mots, puis approchant son visage de celui de Siona, il ajouta :

— Me permettez-vous d'être cet ami?

Siona sentit l'émotion de César la gagner.

Jamais, en effet, paroles si douces et si réservées ne lui avaient été adressées, et ces paroles avaient une apparence de vérité telle, qu'elle se figura avoir réellement devant elle un sauveur. Aussi est-ce avec le rouge de la reconnaissance au front qu'elle répondit :

— Je veux bien que vous soyez mon ami, mais vous ignorez peut-être que je ne suis pas de votre religion, monsieur ?

— Il est du devoir du prêtre, mon enfant, de sauver son prochain. Et quelle que soit sa religion, quelles que soient ses fautes, il doit chercher à le convertir.

— Votre religion est belle, monsieur, si j'en juge par les mérites de ses préceptes.

— La religion chrétienne est la seule vraie. Elle seule peut conduire au salut. Vous serait-il agréable de la connaître ?

— Que vous êtes bon ! Mais je n'ose vraiment vous répondre.

— Je comprends vos délicatesses, Siona, fit le jésuite dont le cœur battait à soulever sa poitrine. Mais croyez à mon entier dévouement.

Que ceci soit entre nous : j'en instruirai, quand il faudra, votre famille.

Demain, si vous le voulez, en sortant de chez M. Léon, votre professeur, vous pourrez venir chez moi. Acceptez, mon enfant.

— Je souscris à votre désir, fit naïvement la jeune fille. Mais pourquoi n'en parlerais-je pas à mes parents? ils sont si bons.

— Songez, mon enfant, combien ils seraient alarmés s'ils apprenaient que vous êtes en rapport avec un prêtre.

Il vous faut donc avoir confiance en moi qui suis investi d'un caractère sacré et espérer en Dieu.

A demain, chère enfant, ajouta-t-il en dévorant du regard la belle Juive qui tressaillait involontairement, à demain.

Quant au vicomte, pas un mot de ce que je vous ai dévoilé, et, je vous le répète, ayez confiance en moi.

Toutes ces paroles avaient été échangées en moins de temps que nous n'avons mis à les écrire.

Pendant ce temps, Hector de Beaudréant attendait avec impatience le résultat de la première entrevue de Rollet avec Siona.

Enfin, lorsqu'il la vit conduite au piano par Léon, il courut rejoindre le prêtre.

— Eh bien? lui dit-il.

— Tout va pour le mieux, répondit le jésuite; je suis à peu près sûr de sa conversion. Mais il faut que vous la conduisiez demain chez moi à sa sortie de chez Léon; elle y est consentante.

— Mon cher monsieur Rollet! exclama le vicomte en serrant, ivre de joie, la main de celui qu'il croyait son ami.

Le prélude d'une valse se fit entendre.

Le concert était terminé.

Le bal commençait.

IX

ROBE NOIRE

César Rollet habite un fort joli petit appartement dans une des maisons obscures de la rue des Postes, à dix pas de l'immense hôtel des Pères Jésuites.

Le père Rollet peut ainsi dormir tout à son aise, la cloche du couvent faisant entendre son appel quand il en est besoin.

Sans cette cloche, il faut l'avouer, le ministre eût oublié souvent
ses fonctions sacerdotales, et les dévotes se fussent en vain age-
nouillées dans le sanctuaire en attendant la messe du père Rollet,
leur officiant et confesseur de prédilection.

La chambre qu'il occupe est surtout curieuse à visiter; elle est
de moyenne grandeur et presque carrée.

Deux épais rideaux verts ornent les croisées.

Le lit est enfoncé dans une large alcôve formée par de sombres
draperies.

Sur une table, dressée au milieu de la chambre, s'étale un beau
tapis, sur lequel sont jetés pêle-mêle des brochures et des journaux.
La *Gazette de France* y est comme chez elle en compagnie du dernier numéro de l'*Ami de la Religion*. Parmi les brochures, on dis-
tingue quelques discours politiques en faveur des Irlandais. Çà et
là des Journées de chrétiens et des Mois de Marie montrent le bout
de leurs reliures, enfouis qu'ils sont sous une avalanche de feuilles
catholiques. Ah! c'est que le père Rollet reçoit de fréquentes visites
et que ses illustres pénitentes lui savent gré de les tenir au courant
de tout ce qui se passe. Il est si doux, après avoir reçu l'absolution,
de trouver un homme avec lequel on puisse, sous le regard de
Dieu, vilipender telle ou telle personne, condamner telle ou telle
cause, comploter contre tel ou tel pouvoir!...

Deux amples fauteuils sont rangés des deux côtés de la table, et
près de l'alcôve est un prie-Dieu sculpté avec un coussin de velours.
Un autre large coussin fait face à la cheminée sur laquelle un grand
christ en ivoire incline sa tête couronnée d'épines.

Quelques chaises et une riche bibliothèque complètent l'ameublement.

La description de la bibliothèque viendra à son heure. Elle nous
servira à tracer plus fidèlement le portrait de notre héros.

Il est environ dix heures du matin. César Rollet vient de dire sa
messe. Il entre et se dispose à faire servir son déjeuner.

En attendant il parcourt les journaux, les range sur la table et
marque quelques phrases au crayon rouge.

Il sort ensuite de sa poche un nouveau journal qu'il ouvre précipitamment et dont il enlève le titre. C'est le *Siècle* qu'il lit assidû-
ment, mais qu'il interdit sous peine d'enfer aux fidèles.

Deux coups légers à la porte se font entendre.

C'est une jeune fille tout de noir habillée, qui s'approche timidement.

— Est-ce à monsieur Rollet que j'ai l'honneur de parler?

— A lui-même, madame.

— Ma sœur est morte, monsieur, et je voudrais faire dire une messe pour le repos de son âme. Je viens de la maison des Pères où l'on m'a adressée à vous... Combien aurai-je à payer pour cet office?

— Trois francs.

— C'est bien cher, mon père. Quand notre mère mourut, voici bientôt un an, nous ne payâmes, ma sœur et moi, que deux francs.

— Depuis un an les messes ont augmenté, nous avons beaucoup de charges, ma bonne : le denier de Saint-Pierre, les pauvres Irlandais, les soldats du Pape, et puis les vivres sont si chers!

— Oh! pour cela, c'est bien vrai, révérend père, et nul ne le sait plus que nous! Et avec un soupir : — Voici trois francs.

— Fort bien, bonjour, mon enfant, que Dieu vous garde!

Et tournant brusquement le dos à la jeune fille, Rollet s'approcha de son miroir et lissa ses cheveux.

La robe noire lui allait à merveille. Ses longs cheveux bruns encadaient bien sa figure. Son front était large, un peu fuyant; sa bouche était carrée, ses lèvres lippues et humides, son cou bien dégagé, son menton avait cette carrure qui dénote la résolution. Avec quelques rides et des cheveux blancs, il eût certainement possédé la plus vénérable figure de prêtre qui se puisse voir.

Grâce aux soins minutieux qu'il donnait à sa toilette, il portait encore sur ses joues toute la vigueur d'une ardente jeunesse.

Ses yeux, d'un beau noir, avaient des reflets d'une suave volupté, et qui l'eût vu auprès de Mᵐᵉ la duchesse de Mercey, eût certainement oublié le jésuite pour n'admirer que l'amant.

Dans le moindre rayon de son regard, on sentait la force virile, et cependant sa voix était d'une douceur extrême.

Si, au lieu de la lourde soutane du prêtre, César avait endossé l'uniforme de capitaine, il eût été un grand conquérant : ni les cœurs, ni les bataillons n'auraient su lui résister.

La force de son bras, unie à la douceur de ses accents, eussent brisé tous les obstacles.

La vie de cet homme était la funeste conséquence de son éducation.

Il avait, dès le berceau, reçu les préceptes d'Escobar, et la mauvaise route dans laquelle on l'avait engagé lui avait paru si douce qu'il l'avait bientôt reconnue pour sienne et l'avait suivie.

Il avait vu que ce monde, dans lequel il entrait par la porte de la dissimulation, ne tenait compte que des manifestations extérieures, et la robe noire lui avait paru propre à cacher, mieux que toute autre, les plaies de son corps, les impuretés de son cœur, les iniquités de son âme.

Dès qu'il avait été prêtre, la fortune était venue à lui : à la mort d'une bonne dévote, il était devenu riche tout à coup.

Dès qu'il avait aimé, il avait été heureux...

Il en était arrivé à ce point de croire en Dieu comme à une puissance dispensatrice de toutes les faveurs d'ici-bas, et c'est à cette puissance que s'adressaient ses prières.

Tel était César Rollet, le prêtre dont le confessionnal était toujours encombré, la messe toujours suivie et les sermons toujours écoutés.

Le directeur à la mode, enfin.

X

LE CONFESSIONNAL

Midi sonnait au Val-de-Grâce.

Étendu dans un fauteuil et fumant un londrès, César rêvait.

Dans le tourbillon d'azur qui sortait de ses lèvres et se répandait autour de lui, il personnifiait son rêve. C'est que le souvenir de la belle Siona remplissait son esprit, et les dernières notes de la délicieuse romance qu'elle avait chantée la veille frappaient encore ses sens.

Etendu dans un fauteuil et fumant un londrès, César rêvait.

Un rayon de soleil glissa le long des rideaux et vint illuminer la chambre. Le prêtre le salua d'un regard ami et porta la main à son cœur comme pour en comprimer les battements.

Un bruit de pas retentit, c'était Siona.

Une simple robe d'indienne à petites fleurs bleues dessinait ses formes vierges. Un petit bonnet blanc, coquettement posé sur sa tête, faisait ressortir le noir jais de ses cheveux.

Dès qu'il la vit, César Rollet se leva et, jetant furtivement son cigare dans la cheminée, il s'approcha de la pauvre fille.

Siona hésitait.

Venue du grand jour, l'obscurité de la chambre du prêtre l'effrayait. D'un prompt regard elle chercha son professeur de chant. Ne le voyant pas, elle voulut hasarder une question, mais sa voix expira sur ses lèvres.

— Entrez, mon enfant, reprit César Rollet. Je vous attendais avec impatience. Venez serrer la main d'un ami... Allons, venez, belle mutine ; ma robe noire vous fait-elle peur ? Ne craignez rien. Il y a un cœur sous cette bure, et un cœur qui vous aime bien. Entrez.

Siona obéit.

Rollet lui prit la main, la conduisit jusqu'auprès de la table et lui offrit un fauteuil.

Il y eut un moment de silence pendant lequel Rollet fit appel à toute sa force de volonté pour ne pas compromettre l'influence qu'il avait déjà prise sur l'âme de la Juive.

Cependant son regard s'était attaché sur elle et la fascinait.

Un sourire indéfinissable arquait ses lèvres.

Il voulait parler, mais il n'osait.

Il comprenait que le premier cri de son cœur serait un cri d'amour et il se tint sur ses gardes.

Siona, devenue plus calme, avait enfin trouvé un mot pour excuser à ses propres yeux sa présence chez un prêtre : l'amitié.

Elle reprit peu à peu confiance.

— Mon amie, dit Rollet, j'ai prononcé hier des paroles bien graves, dont je vous dois explication.

Mais avant de vous tout dévoiler, il est juste que de votre côté vous me donniez un témoignage de sincérité.

Sous le regard de Dieu, qui nous juge, racontez-moi votre vie jusqu'à ce jour.

— Ma vie... monsieur ?

— Appelez-moi votre père.

— Mon... père..., ma vie ?

— Oui... comment avez-vous vécu jusqu'à ce jour?

— Ma vie, — répondit Siona, — est tout entière dans le souvenir de ces trois derniers jours. Je voudrais en vain me rappeler un passé déjà trop loin de ma mémoire.

Ma jeunesse?... il n'en fut pas pour moi.

Je vis depuis trois jours, si vivre c'est sentir son cœur battre et le souci vous prendre au front.

— Des soucis, mon enfant, — dit le prêtre en s'approchant, — à votre âge? quand tout devrait vous sourire? Vous êtes donc bien malheureuse?

— Très-malheureuse, mon père.

— Vous voyez bien qu'il vous faut un ami.

— Et vous en serez un pour moi, n'est-ce pas?... dit avec un adorable abandon Siona.

— Pouvez-vous en douter, mon enfant?... J'ai le pouvoir de vous rendre heureuse, et je vous veux beaucoup de bien.

— Mais ma religion?...

— Suis-je catholique devant tant de grâce, devant votre douleur? Je suis un homme qui vous tend la main au bord du précipice.

— Quel précipice?

— Quoi! vous ne devinez pas tous les périls qui vous environnent? ce que peut contre vous le vicomte de Beaudréant?

— Qu'ai-je fait à cet homme, et que peut-il me vouloir?

— Il nourrit pour vous une passion insensée.

— Une passion?... J'aurais pu avoir pitié de son amour, mais ses désirs coupables me font horreur.

— Vous ne l'aimez donc pas?

— Je vous le jure.

— Sur votre Dieu?

— Sur mon Dieu!...

— Je vous crois.

Un éclair de joie illumina les yeux du prêtre, et il éprouva une telle émotion, que les idées se troublèrent dans son esprit; plus une parole pour continuer la conversation.

S'approchant encore, il prit la main de Siona. Cet attouchement l'impressionna si fortement que, craignant d'effaroucher sa victime

et de voir tomber son masque, il murmura avec un accent impossible à décrire :

— Je croyais avoir vu une bague à votre doigt... Quelle
jolie main je touche là !... Vous avez apporté de la musique... c'est
bien.

Comme une étoile qui descend vers l'horizon, le regard de
Siona interrogea la chambre du prêtre. César Rollet profita de cet
instant pour dégager tout doucement ses mains de celles de Siona.
Elle s'était d'abord arrêtée sur la noble figure du Christ de la cheminée, et, son génie artistique se révélant, elle oublia presque tout
ce qui venait de se passer en contemplant la suave expression de
souffrance qui roidissait les membres du grand crucifié.

Elle admira ensuite le bahut qui servait de bibliothèque et le
prie-Dieu, où quelque grand sculpteur inconnu avait fouillé le
chêne. De là, ses yeux se portèrent sur une *Vierge* de Zurbaran,
qui était suspendue au mur dans un grand cadre d'or. Elle interrogea divers tableaux qui étaient dans la chambre, puis la coupe
de bronze, magnifiquement modelée, qui ornait la table.

Quand Siona reporta ses yeux sur Rollet, celui-ci avait retrouvé
tout son sang-froid.

Il avait mesuré l'avenir, et, comprenant tout ce qu'il y avait de
sublime innocence et d'exaltation dans l'âme de la Juive, il crut
pouvoir fixer le moment du triomphe.

XI

UNE AME D'ARTISTE

Le confesseur reprit son interrogatoire.

— Quelles sont les ressources de votre famille ?

— Mon père est tourneur, mon frère l'aide dans son travail.

— Votre mère ?

— Elle est vieille, et ses yeux sont bien faibles.

— Et vous ?

— Moi, je brode sur soie et en or des parures de bal, des robes, des étoffes...

— Vous devez gagner bien peu ?

— Hélas !

— Vous voulez devenir artiste lyrique ?

— Ma famille s'y oppose ; mais je sens que mon bonheur est à ce prix. C'est une nouvelle existence que je rêve.

Je consens à braver la misère, mais je ne puis consentir à étouffer les battements de mon cœur. Je consens à manger le pain des pauvres, mais je veux la gloire.

Oh ! ne voyez pas dans mes paroles l'expression de l'orgueil ou même de la vanité.

Ce que je rêve, ce n'est pas ce succès éphémère qui enivre l'âme, c'est la joie intime que l'art fait éprouver à l'artiste digne de ce nom.

L'art est une religion, une foi sacrée ; malheur à qui se renie ; l'être qui doute, qui hésite quand la lumière s'est faite en lui, est à jamais indigne.

Oh ! je sais qu'il me faudra lutter, et lutter longtemps, peut-être toujours !

Mais, la lutte et la souffrance ne sont-ils pas le partage de l'artiste ici-bas ?

C'est le sacrifice imposé par le Seigneur aux privilégiés auxquels il prodigue des joies extatiques inconnues des profanes.

L'esprit vit, l'âme s'élève, le cœur pense ; que m'importent les douleurs de la vie commune ? n'ai-je pas une autre vie, brillante, enthousiaste, éternellement pleine de lumière, d'air pur et de liberté !

Oui, ils sont grands ; oui, ils sont véritablement rois et maîtres du monde, ceux que la sainte poésie a marqués au front de son sceau divin.

Ceux qui illuminent la pensée de leurs frères par l'éclair de leur inspiration ; ceux dont l'idée rayonne, féconde le présent et prépare la moisson de l'avenir.

Ils sont grands, et pourtant ils sont humbles.

Ils sont rois, mais à eux la douleur et le martyre.

Leur gloire est immense parce qu'il est, en quelque coin perdu du monde, de pauvres êtres comme moi, isolés, inconnus, qui, par eux, pensent et rêvent ; dont les cœurs se réchauffent aux rayons bienfaisants de leur génie.

Ils sont les élus du ciel, ceux qui trouvent dans leurs souffrances une parole consolatrice pour leurs frères malheureux. Je les admire, et je les aime ; je veux vivre avec eux en humble disciple, mais fière encore et heureuse de mon humilité.

Rollet avait laissé, sans l'interrompre, ce flux de pensées exaltées s'échapper à la fois du cœur et des lèvres de Siona.

Avidement attentif aux paroles et aux gestes de la jeune fille, il avait tout recueilli et tout étudié. Maître accompli en l'art de la diplomatie expectante, il savait que l'esprit comme le caractère s'échappent et se détaillent involontairement, dans ces moments de fièvre intellectuelle, diagnostic moral plus sûr, plus infaillible que ceux de Gall et de Lavater.

Car la phrénologie, la physiologie et la chiromancie ne font connaître que le passé et affirmer l'avenir, tandis que les manifestations de l'âme dévoilent le présent.

La méthode de Loyola est sûre.

Niant absolument le fatalisme, elle part de l'état présent, pour en déduire celui de l'avenir qu'elle prépare par la ruse, la fourberie, par tout cet arsenal de moyens que la conscience réprouve.

Pour les adeptes, l'homme est ce qu'il paraît être.

Lui seul, le jésuite, échappe à l'analyse, parce que le travail constant de ses facultés intellectuelles se concentre sur deux points :

D'abord : dissimuler tout signe extérieur d'une impression personnelle quelconque.

Ensuite : pénétrer, fouiller, ausculter, disséquer l'âme et la pensée de l'ennemi (et tout être étranger à la congrégation est un ennemi), crocheter son passé, enclouer son présent, diriger son avenir.

Rollet avait donc merveilleusement saisi le côté faible de la nature exaltée de Siona, mais elle lui avait révélé en même temps sa force.

Il avait mentalement calculé quelle pouvait être la résistance de cette volonté passionnée qui tenait du fanatisme, et il devinait qu'il se briserait, s'il voulait essayer de lutter contre cette conviction inébranlable.

Mais ce qu'il eût été dangereux pour lui de combattre, devenait au contraire un puissant moyen d'influence et d'action.

Qualité ou défaut, l'amour de Siona pour son art était un allié fidèle dont il fallait s'assurer.

— Oui, mon enfant, dit-il, c'est le doigt de Dieu qui dirige les artistes, c'est sa pensée qui les inspire.

L'art est divin, parce qu'il est un hommage de la créature à son créateur.

C'est la consécration de l'infériorité humaine.

Le Seigneur crée, mais l'artiste copie.

Malgré sa merveilleuse subtilité et parce qu'il manquait à sa nature le sentiment de l'art, Rollet avait frappé complétement à faux.

L'esprit de Siona se révolta en entendant cette définition qui refusait à l'artiste toute initiative, et qui était la négation formelle du génie humain.

Elle regarda avec un étonnement profond mêlé de pitié son interlocuteur.

Prompt à saisir la moindre impression de la pensée de Siona, Rollet comprit qu'il l'avait froissée dans ses convictions, et, jamais à court d'expédients oratoires, il mit son erreur au service de son argumentation.

— Oui, ajouta-t-il en simulant une exaltation merveilleusement feinte, oui, l'artiste n'est qu'un copiste sans valeur, qu'un exécutant plus ou moins adroit, quand son âme n'est pas tout entière possédée par le feu sacré.

L'art, c'est la foi.

Devant celui qui a cette foi, Dieu déroule des splendeurs infinies.

Il voit, parce que ses yeux sont ouverts à la vérité sublime ; il pense, parce que son cœur est ouvert à l'amour du Seigneur.

Il exerce un sacerdoce, un pontificat humanitaire.

Être artiste et chrétien, c'est être prêt ; car l'art est l'autel au pied duquel viennent s'agenouiller même les athées.

Un ineffable sourire éclaira le visage de Siona, en entendant les grandes et belles paroles du jésuite.

Car la nature, qui met autant de soins à la formation d'un monstre qu'à celle de l'être le plus purement beau, avait été mère prodigue à l'égard de César Rollet.

Physiquement il était enviable.

Moralement, elle lui avait tout donné, tout, même l'hypocrisie d'un cœur et d'une conscience qui seuls lui manquaient.

Supérieur cent fois à l'ange de bonté et de chasteté dont l'âme s'imprégnait de ses paroles, il avait su peindre, jusque dans leurs plus secrètes délicatesses, ces sentiments dont se jouait son épouvantable égoïsme. Et non seulement il avait réussi à s'en faire écouter avec recueillement, mais encore il l'avait plongé dans une sorte de muette admiration.

Il tenait Siona sous le charme de sa parole enthousiaste.

Merveilleux orateur, constamment maître de sa parole, nul ne possédait à un plus haut degré cette éloquence qui sait être souple et chaleureuse à la fois.

Ses audaces oratoires n'avaient pas de limite, parce que ses moyens ne lui avaient jamais fait défaut.

Il eût prêché le respect du diable, tout aussi facilement qu'il prêchait l'amour de Dieu.

Tel était Rollet, l'homme sans scrupules qui savait prendre à l'occasion tous les masques, même celui du vice, pour en faire le marchepied de sa fortune.

Siona n'avait point répondu aux paroles de Rollet; mais ce dernier avait clairement lu dans sa pensée; l'effet qu'il avait espéré était obtenu.

— Oui, mon enfant, continua-t-il en calmant subitement les intonations tout à l'heure vibrantes de sa voix, oui, mon enfant, vous serez artiste, et grande artiste.

Je ne sais quelle paternelle sympathie me l'a fait pressentir dès que je vous ai vue, dès que j'ai entendu le son de votre voix.

Vous serez artiste et vous aurez la gloire en partage.

Mais pourquoi songer à la misère? pourquoi vouloir braver cette terrible démoralisatrice?

Prosterne-toi devant ce maître de notre religion.

    — Oh! répondit Siona, jo ne la crains pas, et d'ailleurs, je la connais, fit-elle en souriant amèrement.

    — Vous ne pouvez étudier seule, il vous faut, et des professeurs qui font payer leurs leçons, et des livres qui coûtent fort cher. Pour cela l'argent est nécessaire.

— Je ne l'ignore pas; bien souvent j'y ai songé, bien souvent j'ai désespéré de vaincre ces insurmontables obstacles qui se dressent fatalement devant moi, mais...

— Mais?...

— Je ne sais pourquoi, malgré toutes ces difficultés, malgré toutes ces entraves, je conserve toujours en moi une vague espérance.

— Une espérance?

— Une voix secrète me dit qu'un jour le Seigneur mettra sur ma route un bon génie......

— Un bon génie, avez-vous dit?... Oui, Siona...

Et ce bon ange viendra au nom de la pure et sainte amitié.

Dites, ne suis-je pas votre ami, votre protecteur le plus sûr et le plus dévoué?

De moi, dont la vie entière doit être consacrée à la consolation de ceux qui souffrent, de ceux qui sont isolés en ce monde; de moi, prêtre de charité, ne pouvez-vous tout accepter sans honte et sans remords?

Car en soutenant les faibles, j'accomplis un devoir.

Vous surtout, Siona, pour qui je professe la plus sincère affection, vous surtout n'avez pas le droit de refuser mes services.

Ah! que ne suis-je riche à millions pour réaliser tous vos rêves!...

— Vous, répondit Siona étonnée, vous mon père, mais, je ne puis m'expliquer le motif...

— Pauvre âme! Vous me comprendriez si vous connaissiez ma religion; car, alors, des horizons nouveaux pleins de vérités ignorées des vôtres s'ouvriraient pour vous.

— Je ne sais, en effet, à quoi attribuer l'impression étrange que font sur moi vos paroles.

Est-ce donc à votre religion que vous devez cette charité, ce dévouement pour tout ce qui est faible, pour tout ce qui souffre?

— Le dévouement au prochain, mon enfant, est la première et la plus sublime loi du catholicisme.

C'est pour nous que Jésus a souffert.

Comme lui nous devons notre existence tout entière à ceux que le sort a faits malheureux, à ceux que la douleur a vaincus.

Regardez cette croix!

Ne lisez-vous pas dans ce regard éteint, sur ces membres brisés, dans ces plaies profondes, le plus sublime et le plus touchant des dévouements ?...

Toute notre religion est là.

Née de l'abnégation d'un Dieu fait homme, elle a pour ministres des hommes qui ont fait vœu de marcher dans la voie triomphale tracée par le sang du grand crucifié.

N'est-ce pas un splendide poëme que celui de ce fils de Dieu qui souffre des douleurs d'ici-bas et meurt pour l'humanité ?

Que de grandeur ! que de majesté !

Et quelle image puissante que celle de cette couronne d'épines !

— Oh ! oui, elle est bien belle, la religion du Christ. Elle est l'expression des aspirations les plus sublimes de l'âme.

— Ces mains étendues, ce front courbé, ces lèvres entr'ouvertes, ce sein déchiré, oui, tout cela est grand ! Tout cela parle de Dieu.

Belle âme d'artiste ! reprit Rollet en entraînant Siona au pied de la croix. — Belle âme d'artiste ! prosterne-toi devant ce maître de notre religion, devant ce divin martyr ! Parle ! que vois-tu ?...

— Ce que je vois ! s'écria Siona exaltée.

Je vois que tout cela est grand ! je vois que tou. . es! beau ! ces bras étendus, ils sont immenses ! ce front brisé, il es . . sant ! ce cœur ouvert, il est sublime !

Oh ! qu'elle est divine, cette agonie !

Qu'il est beau, cet homme-Dieu !...

La porte s'ouvrit.

Un serviteur de César Rollet apparut portant une lettre.

Le jésuite la décacheta.

C'était un billet de la duchesse de Mercey.

XII

JÉSUS LE CHRIST

Sioha était restée affaissée devant le crucifix.

Une sorte de rêverie stupéfiante s'était emparée de son esprit.

Muette, immobile dans l'attitude de l'extase, elle contemplait l'image de l'immortel crucifié.

Pareille à ces vierges béates de Murillo, saintes demi-païennes qui semblent admirer au ciel les formes voluptueuses de la troupe céleste, elle adorait naïvement le Christ de toute la force de son âme pure envahie par un amour immense.

Sa belle tête, admirablement profilée, s'accentuait d'une façon inaccoutumée, sous la double impression d'une pitié sympathique et d'une affection profonde.

Ses yeux au regard fixe et voilé étincelaient par instants, sous les élans secrets d'une passion violente et contenue.

Son cœur battait violemment dans sa poitrine, son sein était agité.

Des soupirs haletants entrecoupaient sa respiration saccadée.

Bientôt ses forces l'abandonnèrent.

Elle chancela sous le poids d'une émotion indicible, et fut forcée de s'appuyer d'abord au prie-Dieu, puis de s'asseoir à demi sur le coussin qui le garnissait.

Ses yeux se portèrent alors sur les pages d'un livre placé devant elle.

C'était l'Évangile selon saint Matthieu.

La page ouverte était, soit hasard, soit préméditation, celle du crucifiement.

Sioha en lut quelques lignes avec avidité.

Après cette lecture, des larmes brûlantes s'échappèrent de ses yeux, son front retomba accablé dans ses mains tremblantes; une épouvantable crise nerveuse agita tout son corps.

La lyre avait vibré si fort que les cordes s'étaient brisées.

Mais peu à peu, et par le seul effort de la toute-puissance de la nature, le calme succéda à cette terrible agitation.

Siona releva lentement sa belle tête encore mouillée de larmes.

Son premier regard fut pour le Christ.

Elle le contempla longuement et avec une expression profonde de bonheur.

Un sourire étrange éclairait le visage de la muette adoratrice; ses lèvres à peine agitées semblaient murmurer convulsivement des paroles hâtives.

Parfois on eût dit que la belle prosternée écoutait dans l'air des voix mystérieuses.

Tout entière à son rêve d'extase et de bonheur, elle avait oublié et la terre et le ciel pour ne vivre que de l'amour insensé qui s'était emparé de son âme.

Et sa bouche murmura bien bas le nom de Jésus qui sembla s'exhaler dans un long et muet baiser.

XIII

TENTATIONS

César Rollet lisait le billet qui lui avait été remis.

Voici ce qu'il contenait :

« Mardi, midi.

« Votre messe a été bien vite dite ce matin, mon cher César,
« et vous n'avez pas daigné lever une seule fois les yeux sur
« moi.

« Est-ce le souvenir de la chanteuse d'hier soir qui vous a rendu
« si distrait? Je ne veux pas le croire.

« Je me suis présentée chez vous ce matin, et votre serviteur
« m'a dit que vous étiez absent depuis deux heures.

« J'ai pensé que quelque belle pécheresse vous retenait au con-
« fessionnal. J'y suis allée, il était vide.

« De grâce, viens me voir ce soir; tu as beaucoup à te faire par-
« donner, et j'ai le cœur rempli de charité.

« A toi,
« DIANE. »

César Rollet prit la plume et griffonna ces quelques lignes sur
un bout de papier :

« Mardi.

« Madame et chère amie,

« J'ai un long sermon à préparer.

« Je n'irai donc chez vous que fort tard; à onze heures peut-
« être.

« Quant à cette femme dont vous daignez vous occuper, elle est
« Juive et cantatrice, deux sujets de scandale qui m'en éloigne-
« raient, lors même que mon cœur ne vous appartiendrait pas en
« entier.

« A Dieu,
« ROLLET. »

Ce billet, soigneusement cacheté, fut remis au domestique, qui
attendait.

Après quoi, le Révérend Père se frotta les mains de contente-
ment.

Tout allait à merveille en effet.

Siona rêvait toujours.

Il s'approcha d'elle bien doucement, et crut le moment favorable
pour risquer un mot de conversion.

— Mon amie, dit-il en prenant sa plus douce voix, combien

grande serait votre félicité si, avec votre sentiment artistique, avec
votre exquise sensibilité, vous étiez chrétienne!

— Je ne sais, répondit Siona; je suis aveuglée par tant de lumière.

— Pauvre aveugle! mais je suis là pour vous montrer la vérité.

— Quelle vérité?

— La vraie croyance, la vraie foi, le vrai bonheur.

— Je ne puis renoncer à la religion de mes pères.

— Seule la religion chrétienne répond aux aspirations de votre
cœur, vous dis-je.

Tout en elle vous charmera.

Lisez ses livres.

A chaque page vous découvrirez comme une source divine de
pures émotions.

Ce sont les légendes mystiques du christianisme qu'il faut à
votre imagination ardente.

Vous ne trouverez que dans ses immortelles doctrines des sensations dignes de votre âme d'élite.

— Je suis Juive.

— Vous l'étiez, vous ne l'êtes plus.

Vous êtes chrétienne depuis que vous vous êtes inclinée devant
la croix.

— Non! c'est impossible! Je le voudrais, mais je ne puis sans
déshonneur renier le Dieu que j'ai appris à aimer dès mon enfance.

— Prenez garde, ma sœur; si vous vous plaisez parfois à penser
au ciel, songez aussi à toutes les souffrances de l'enfer.

Les flammes calcineront votre cœur, les démons fouleront aux
pieds votre beauté.

C'est une éternité de tortures que vous bravez.

Siona eut un éclair de sublime indignation.

— Et que m'importe l'avenir qui me sera réservé dans un autre
monde!

Si Dieu se montrait à moi, je n'en serais pas épouvantée!

Quand je regarde la misère qui m'entoure, l'atmosphère pesante
dans laquelle je respire, je suis presque tentée de nommer injuste

celui qui, pouvant me donner tous les biens en partage, m'a vouée au malheur.

Croyez-vous qu'il puisse y avoir une douleur plus grande que celle qui me brise chaque jour ?

Croyez-vous que de mes yeux puissent couler des larmes plus brûlantes que celles qui creusent si souvent mes joues ?

L'enfer ne me fait point peur, vous dis-je, et je reste froide devant les promesses d'un ciel que je ne connais pas.

Vous avez mal interprété mes sensations.

Si je me suis inclinée devant la croix, c'est que j'y ai vu cloué un homme comme les siècles les plus glorieux n'en ont pas vu naître.

J'ai salué le héros du Golgotha et non le fils de Dieu.

Oh ! tenez ; voulez-vous connaître tout mon malheur ? Il est immense !

Je sens en moi les germes puissants d'une grande et belle vie et je me vois mourir... mourir de faim...

Je sens mon cœur battre devant toutes les admirables productions du génie humain et je suis réduite à l'impuissance.

Une voix me dit que je pourrais prendre une grande place ici-bas, et lorsque je peux marcher, mes genoux se brisent aux angles hideux de la misère !...

Dieu peut tout...

S'il veut que je croie en une autre vie, qu'il brise mes liens...

César Rollet pesait les moindres paroles de Siona, se gardant bien de l'interrompre.

Il en savait assez maintenant pour tracer nettement la ligne qu'il devait suivre afin d'arriver à son but.

— Mon enfant, dit-il, vous avez raison : oublier nos devoirs sur la terre pour ne songer qu'aux joies du ciel, c'est péché.

Si je vous parle avec enthousiasme de ma religion, c'est que je crois qu'elle est la seule propre à inspirer le génie et à lui servir d'aliment.

Interrogez nos croyances, et vous verrez quels nouveaux horizons s'ouvriront devant vous.

Du reste, j'ai une telle confiance en votre jugement que je puis préciser déjà l'époque de votre conversion.

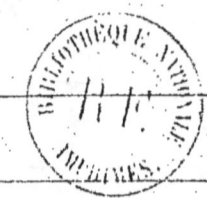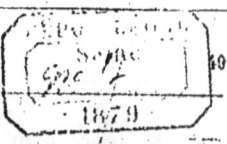

Quelques minutes après le départ de . . ona, Hector de Beaudréant arrivait
chez le Père Rollet.

— Ma conversion ?

— Oui !... mais parlons d'autre chose...

Je comprends vos aspirations artistiques. Il faut à tout prix les
satisfaire.

Ce serait un crime que de laisser se flétrir cette fleur de
l'âme.

Il vous faut de l'argent, Siona. Pour payer vos professeurs et vos
livres, je vous en donnerai.

Si l'art doit vous donner la gloire, laissez-moi le mérite de vous
avoir trouvée.

Siona, oui, vous possédez tous les instincts du génie.

Je vous le demande en grâce: laissez-moi vous donner la
vie.

Et le prêtre était à genoux, humble, suppliant, devant Siona.

Un instant il fut sincère, mais bientôt le sentiment de sa force
lui rendant son sang-froid, il se releva, et reprenant son masque:

— Siona, dit-il, je me charge de tout, de tout, entendez-vous?

Mais, je vous en conjure, ne retournez plus chez le vicomte, ni
même chez son ami, M. Léon Rieux.

Vous n'aimez pas le vicomte. Abandonnez-le aux remords de sa
mauvaise action.

Je vous le prédis; vous serez une grande artiste et une chrétienne fervente.

— Que vous êtes bon!

— Que vous êtes belle! murmura le prêtre en effleurant de ses
lèvres le front de la pauvre Siona.

— Au revoir, fit-elle en souriant.

— Venez demain, supplia le prêtre, à la même heure.

Siona sortit...

Rollet la suivit du regard, puis quand elle eut disparu:

« Maintenant tu es à moi, dit-il avec un sourire cynique, et nulle
puissance ne saurait te soustraire à mes désirs!... »

XIV

PRÊTRE ET JÉSUITE

Quelques minutes après le départ de Siona, Hector de Beaudréant arrivait chez le révérend père Rollet.

Loin d'avoir été amoindri par les obstacles, son amour s'était en peu de temps accru au point d'arriver au paroxysme de la passion.

Le succès de Siona comme cantatrice avait été complet, et nul, parmi les appréciateurs du mérite, n'avait douté de son brillant avenir.

Mais, comme femme, elle avait obtenu un triomphe des plus éclatants.

Hector savait que bon nombre de jeunes gens des plus riches et des plus titrés s'étaient informés auprès de Léon Rieux de la position de sa belle élève.

Or, lui, le dandy blasé et sceptique, était devenu jaloux, et jaloux avec rage.

Léon lui-même, dans son affection tout artistique pour Siona, causait au pauvre vicomte de mortelles inquiétudes.

Il eût voulu séparer à jamais le maître et l'élève ; sachant quelle influence la beauté merveilleuse de l'admirable enfant d'Israël pouvait exercer sur le cœur de l'homme le plus fort, comprenant par lui-même que l'on ne pouvait aimer à demi cette délicieuse créature.

Seul, César Rollet n'inspirait aucune inquiétude à son cœur si facile à alarmer.

Le double caractère de prêtre et d'ami, dont il était revêtu, lui semblait une garantie morale plus que suffisante.

Le sacerdoce et l'amitié étant pour lui deux caractères sacrés, le soupçon n'entra pas un instant dans son esprit.

Il ignorait et n'eût pu croire que c'était précisément à ce respect légitime, accordé aux ministres de la religion, que Rollet devait les facilités de sa vie honteuse, les succès secrets de son existence dépravée.

Il ne savait pas que cet homme, d'une hypocrisie effrénée, avait pris la robe noire comme un manteau impénétrable destiné à voiler ses turpitudes et ses vices; que c'était l'égide sous lequel il couvrait les scandaleuses actions de sa vie privée.

Hector de Beaudréant, élevé par une mère pieuse, n'avait jamais connu, jamais deviné ce que pouvait être un mauvais prêtre, un homme sans foi ni religion, déshonorant secrètement le sacerdoce.

Il avait vu à l'œuvre ces apôtres dévoués et croyants qui prêchent les vertus chrétiennes par l'exemple autant et plus peut-être que par la parole; indulgents pour le mal autant qu'enthousiastes du bien, prêtres saints, vénérables et vénérés.

Il ne connaissait rien de cette épouvantable anomalie qui fait du prêtre, du ministre d'un Dieu d'amour, un congréganiste de Loyola, un membre de cette société politique, religieuse, financière et militaire.

Sa conscience n'était pas frappée de cette sorte de *barbarisme moral* que forme l'accouplement de ces deux mots : *prêtre* et *jésuite !*

Prêtre, c'est-à-dire ministre de cette religion dont le premier précepte est :

« *Aimez-vous les uns les autres.* »

Jésuite, c'est-à-dire sectateur de cette congrégation dont la première loi est :

« *Celui qui ne hait pas son père et sa mère et jusqu'à son* « *âme, ne peut être mon disciple.* »

Hector de Beaudréant avait donc la plus grande confiance dans le caractère de César Rollet.

C'était à lui qu'il avait confié la mission délicate et difficile de convertir Siona.

Il venait en conséquence le trouver, poussé par plusieurs motifs.

D'abord et avant toute chose, il était avide de l'entendre lui parler d'elle.

Puis il voulait savoir jour par jour, heure par heure, les progrès que faisait la jeune néophyte, progrès qui marquaient les étapes de son bonheur.

Enfin, et pour tout dire, il voulait épancher dans le sein d'un ami les secrètes inquiétudes, les terreurs jalouses dont il était agité.

Le jésuite le reçut les bras ouverts.

— Vous ici, cher enfant, s'écria-t-il, venez, que je vous félicite et que je vous remercie.

Puis, il ajouta en prenant les mains d'Hector et en les serrant affectueusement dans les siennes :

— C'est un ange que vous m'avez confié, j'en veux faire une sainte.

— N'est-ce pas, répondit Hector, n'est-ce pas qu'elle est belle?

— Belle et pure, mais plus encore, elle est douée d'une âme divinement délicate.

Dieu a mis sur votre chemin un trésor de grâce et de candeur.

Je veux le rendre à Dieu, afin qu'il vous accorde la faveur infinie de le posséder en ce monde.

— Oh ! César, si vous saviez combien je l'aime ! si...

— Ami, fit en souriant le jésuite, ne me parlez pas de votre amour.

Il appartient à ces passions terrestres dont mon âme est à jamais détachée, et je ne puis comprendre des sentiments que je ne saurais éprouver.

— C'est vrai, pardonnez-moi.

— Vous pardonner quoi ?

L'amour est une mission sainte pour celui à qui le Seigneur n'a pas accordé la faveur de le représenter sur la terre.

Dieu bénira le vôtre; mais j'en dois ignorer les enchantements, car pour moi tout s'efface devant la sublimité des vérités éternelles.

— Parlez-moi donc alors, car moi je ne saurais me contenir.

Qu'a-t-elle dit ? qu'a-t-elle fait ?

— Je vous le répète, j'ai presque la certitude, dès à présent, d'arriver à la conversion prochaine de votre bien-aimée.

Si vous aviez vu avec quel recueillement elle m'écoutait, alors que je l'initiais aux premiers mystères de notre sainte religion, vous espéreriez comme moi.

Si vous aviez entendu avec quel enthousiasme inspiré elle parlait de notre Seigneur Jésus-Christ ! de quelle gloire resplendissait pour elle l'auréole du divin Sauveur ! avec quel pieux amour elle contemplait sa douloureuse image ! comme moi, vous ne douteriez plus du prochain retour au troupeau de la brebis égarée.

— Oh ! merci, César, merci, mon bon et digne ami, vos paroles me rendent à la vie.

Ainsi je puis donc encore espér... ? pour moi l'avenir n'est pas irrévocablement fermé?

— Espérez ! et surtout ne vous départissez jamais de la confiance que vous m'avez accordée.

J'ai pris l'engagement de tout tenter pour faire votre bonheur, mais j'exige de vous, comme condition essentielle de succès, l'obéissance la plus aveugle, la plus absolue.

— Que voulez-vous dire ?

— Je veux dire que vous pouvez tout perdre par quelque inconséquence, par quelque tentative insensée, et qu'ainsi je dois prendre mes précautions.

— Je vous affirme, César, je vous jure que je saurai me contenir et attendre, puisque le succès est à ce prix.

Il me suffit que vous m'ayez signalé le danger pour que je prenne le plus grand soin à l'éviter.

— Serment d'amoureux !

Ce qui vous semblera parfaitement prudent et sage, ce qu'en toute conscience vous croirez pouvoir dire ou faire, peut en un instant tout compromettre.

— Que faire alors?

— Assistez-vous toujours aux leçons de Siona ?

— Sans doute, et je n'aurais garde d'y manquer; car, dois-je vous l'avouer, je suis jaloux de son professeur.

Cette affection pleine de sollicitude du maître pour son élève m'effraie et m'irrite.

L'élève, de son côté, professe pour son maître une reconnaissance si grande que je crains à tout instant que l'amour ne se mette
de la partie.

J'ai peur d'en arriver à haïr Léon, à ne plus voir en lui qu'un
rival, et un rival heureux.

— Peut-être avez-vous raison de craindre, fit Rollet en simulant
de l'inquiétude.

— Que dites-vous? sauriez-vous quelque chose?

— Je sais que la reconnaissance confine à l'amour.

— L'avez-vous reçue au tribunal de la pénitence?

— Oui, mais le secret de la confession n'appartient qu'à Dieu;
cependant il est une chose que je puis vous dire: le cœur de Siona
est libre de tout amour terrestre.

A ces paroles le visage d'Hector rayonna.

Rollet continua :

— Néanmoins, je suis de votre avis, il ne faut plus que Siona
retourne chez M. Léon Rieux; je lui ferai donner, s'il le faut, des
leçons par une femme de talent qui professe dans les plus importants et les plus riches couvents de Paris.

Elle n'enseigne que le chant religieux; mais ces hymnes mystiques empreintes d'une sainte exaltation seront pour nous un puissant auxiliaire.

Elles agiront efficacement sur l'exquise sensibilité de Siona.

Ces leçons coûteront cher, je le sais, mais...

— Je prétends, interrompit Hector, prendre tous ces frais à ma
charge.

Paierai-je jamais mon bonheur le prix auquel je l'estime !

— Soit, j'accepte, cela me permettra ainsi de faire mieux les
choses.

— Voici dix mille francs dont je vous prie d'user largement;
une fois épuisés, faites un nouvel appel à ma bourse.

— Donc, continua Rollet en serrant avec soin les dix mille
francs du vicomte de Beaudréant, donc, voilà qui est convenu, je
ferai le nécessaire pour que Siona puisse se passer des leçons de
M. Léon Rieux.

D'un autre côté, puisqu'il faut l'éloigner pendant quelque temps
des choses mondaines pour l'amener insensiblement à embrasser

notre foi, il est important qu'elle ne vous voie pas de plusieurs jours, qu'elle ne rencontre pas sur son chemin l'homme dont la seule vue pourrait détourner son cœur des choses saintes.

Vous sentez-vous la force et le courage de l'éviter jusqu'au moment que je fixerai ?

— Je ferai tout ce qu'il me sera possible pour cela.

— Ah ! vous le voyez, vous hésitez déjà ; pourtant vous m'avez promis obéissance passive, aveugle...

— Et je veux vous obéir ; mais quand mon cœur bondira à la seule pensée de voir Siona, de la contempler, ne fut-ce qu'en passant, de lui dérober un regard, dites-moi, puis-je avoir assez de force d'âme pour résister !

— Il le faudrait, cependant, mais puisque cela est au-dessus de votre courage ; eh bien, aux grands obstacles les grands moyens : Partez.

— M'exiler ?

— Oui, partez, allez vous réfugier dans quelque château, dans quelque terre, et ne revenez que sur mon appel.

— Vous avez raison, je partirai ce soir ; mais vous m'écrirez au moins !

— Je vous le promets.

— Adieu donc...

— Au revoir, et bonne espérance ! fit Rollet en serrant la main du vicomte, qui sortit précipitamment, comme s'il avait hâte de fuir, pour ne pas violer, par un plus long retard, la promesse qu'on venait de lui arracher.

César le suivit des yeux.

Il le vit regagner sa voiture, il écouta le bruit des roues se perdre dans le lointain.

Puis il revint lentement vers le milieu de sa chambre.

Son visage exprimait une joie diabolique ; il fit entendre un ricanement aigu, strident comme un rire de damné.

Puis, se frottant vivement les mains, il murmura :

— Léon Rieux est évincé... Hector s'exile... et de deux !

Décidément, je suis fort.

Elle prit un siège et vint se placer distraitement à côté de Siméon.

XV

DÉSOLATION

L'entretien de Siona avec Rollet avait duré deux grandes heures.

Paris était en plein travail lorsque la jeune fille sortit de la demeure du prêtre.

Elle se dirigea machinalement vers la maison de son père.

Rien de ce qui se passait autour d'elle n'attirait son attention.

Les sensations si vives qu'elle avait éprouvées empourpraient ses joues.

Son regard était langoureux, sa démarche indécise.

Elle était bien belle ainsi, la pauvre Siona !

Elle s'engagea dans le long couloir qui conduisait à l'habitation de son père.

Le pauvre homme ne se doutait guère du malheur qui était si près de l'accabler.

Son premier sourire fut pour sa fille bien-aimée.

Puis il reprit l'ouvrage commencé, faisant crier sous son pied la large roue de son *tour*.

Siméon, qui avait un important ouvrage à terminer pour le soir même, se contenta de tourner la tête et de sourire, comme son père l'avait fait.

Siona se dirigea vers sa mère, et, courbant son joli front, le posa sur les lèvres de la bonne femme.

Ce baiser n'interrompit pas sa rêverie.

Elle prit un siége et vint se placer distraitement à côté de Siméon.

— Petite sœur, dit ce dernier, en approchant son burin du morceau de chêne qui tournait, ta leçon a été bien longue aujourd'hui. As-tu appris quelque nouvelle romance ?...

Tu ne réponds pas... Allons ! il paraît qu'Halévy est un grand maître et que sa musique t'absorbe.

Avoue que le bruit de mon *tour* te réjouit moins que celui du piano, quand tes petits doigts roses en effleurent les touches d'ivoire ?

Eh bien ! tu ne dis rien, Siona ? à quoi penses-tu ?...

— Mon frère ?

— Tu réponds... c'est heureux... A quoi penses-tu ? dis-je !

— A rien.

— Voilà un rien bien inquiétant.

— Qu'est-ce que vous dites, là-bas ? interrompit le père Knauss.

N'oublie pas, Siméon, que nous avons une petite dette à payer ce soir, et que notre coffre est vide.

Si tu ne rends pas ton ouvrage avant la nuit, il faudra aiguiser nos dents pour mordre le morceau de pain dur qui nous reste.

— Soyez tranquille, père, répondit Siméon.

Mon tour chante comme un rossignol, et ma main est d'une agilité surprenante.

Il y eut une minute de silence pendant laquelle Siona étouffa un soupir.

— Petite sœur, reprit Siméon, si tu reprenais ton travail commencé. On est déjà venu deux fois le réclamer.

— Je suis fatiguée, répondit Siona, en relevant à demi sa jolie tête...

— Termine au moins le voile de M¹¹ᵉ Julie, ta voisine ; il le lui faut pour la semaine prochaine.

— L'aiguille glisserait dans mes doigts.

— Chante-moi quelque chose, alors. Voyons, occupe-toi.

— J'ai la voix brisée.

Siméon interrompit son ouvrage.

Il fixa son regard sur sa sœur.

Une larme brillait sous les cils de la Juive.

— Tu pleures, dit-il tout bas en se penchant. Tu pleures. Tu es donc malheureuse, Siona !

— Bien malheureuse !...

— Les paroles de mon père t'attristent ? Ne crains rien.

Tu sais que, pour toi, il y a toujours mieux que du pain à la maison.

Deux grosses larmes scintillèrent aux yeux de Siona et roulèrent comme deux perles sur ses joues.

Siméon lui prit les mains.

— Qu'as-tu, ma sœur ? dit-il.

— J'étouffe.

— Tu es folle, que te faut-il ?

— L'air !... la liberté !

— Tu me fais peur !... veux-tu sortir ?

— Oui, sortons.

Et Siona se leva.

Le père Knauss se retourna.

En voyant Siméon laisser son ouvrage, il ne put contenir un cri de surprise :

— Malheureux ! dit-il, tu ne finiras pas ce soir !

— Je dois sortir, père, fit résolûment Siméon.

— Sortir... à cette heure ?

Siona souffre, dis-tu ?... Mais, sa mère peut bien...

— Non, il faut que je sorte avec elle. Sa santé m'est plus précieuse que ma vie.

Je ne veux pas, pour quelques pièces d'argent, la priver d'un plaisir... d'un besoin peut-être !...

Mon père, pardonnez-moi, et vous, ma mère, priez le Dieu d'Israël de tenir toujours sa main sur nous...

Viens, Siona.

Et, sans ajouter un mot, Siméon prit son chapeau, offrit son bras à sa sœur, et tous les deux franchirent le seuil de la maison paternelle.

XVI

L'ANGE DU FOYER

Sans but et au hasard, Siméon et Siona s'engagèrent dans de petites rues.

Siméon, dont le cœur était gros d'appréhensions, ne put attendre plus longtemps l'explication qu'il attendait de sa sœur.

—- Siona, dit-il, avec ton frère tu dois te sentir plus libre. Avoue-moi franchement la cause de tes ennuis.

— Je souffre. Je suis malheureuse, fit Siona; voilà tout ce que je puis dire.

— Est-ce par nous que tu souffres?

— Oh non! je vous aime bien tous.

— Notre misère te paraîtrait-elle trop lourde?

— Non, puisque la richesse loin de vous me serait insupportable.

— Tu aimes alors, Siona?

— Je n'aime que vous.

— Tu le jures?

— Sur mon âme!

— C'est bien. Je puis ainsi te parler aisément.

Tu jures, encore une fois, que l'amour n'est pour rien dans ta tristesse?

— Non, mon frère.

— Eh bien! je vais te dire pourquoi tu pleures.

Tu pleures, parce que pour la première fois, notre misère t'apparaît dans toute son horreur.

Te souviens-tu des jours malheureux que nous avons traversés? Bien des fois, tu le sais, nous nous sommes réunis autour d'une table vide.

Et cependant lorsque mon père était abattu, lorsque ma mère allait jusqu'à invoquer la mort, lorsque moi-même je sentais le découragement s'emparer de tout mon être, toi seule te montrais forte.

Tu dissimulais tes propres douleurs et nous rendais la vie par tes chansons.

Tu étais la joie de notre foyer, l'ange de notre vie.

Aujourd'hui, quel changement!

Nous avons appris, nous, à lutter contre la misère; ses froides caresses nous trouvent insensibles.

Nous rompons, sans émotion, le dernier morceau de pain; toi, toi seule tu faiblis, tu pleures!

Bien plus: lorsque un peu de bien-être nous est donné, lorsqu'une main amie se tend vers nous, tu pleures encore...

Ce que nous demandions, ton père et moi, tous les jours au ciel, nous est arrivé :

Un travail quotidien nous est assuré. Une modeste aisance nous sera même donnée dans quelques années à force de travail et d'économie.

Et cet espoir ne te touche pas. Et tu pleures toujours...

Ah ! il n'est que trop vrai : un vent maudit a soufflé sur toi !

— Mon frère !

— Tu pleures, dit Siméon avec force, parce que la lutte te paraît au-dessus de tes forces, et que ton âme est énervée.

Tu pleures, parce qu'autour de toi, tu vois des filles qui n'ont ni ton sourire, ni ta beauté, mais qui ont de la soie sur les épaules et des bijoux plein les bras.

— Grâce ! mon frère !

— Je me montre sévère peut-être. Mais c'est qu'il me semble que si je te perdais, je mourrais !

Ne serait-ce pas te perdre que ne plus pouvoir t'appeler ma sœur ?...

— Siméon !... tu m'outrages...

— J'accomplis un devoir, Siona.

Oui, la misère paraît épouvantable à qui n'a pas en soi cette vertu d'abnégation, ce sentiment du devoir et de l'honneur qui font tout surmonter.

Tu as entrevu un monde nouveau et tu as été éblouie, fascinée.

— Siméon, tu m'accables !

— C'est que je connais ce monde, moi !

N'est-ce pas que les uns t'ont dit que la beauté était un don de la fortune et qu'il fallait la vendre au plus offrant ?

N'est-ce pas qu'ils t'ont dit que chacun de tes sourires valait un trésor ?...

Tes regards, tes baisers, tout a été coté. Je sais tout cela. Mais je sais aussi que ton âme est fière, et j'ai foi en toi.

Ne te laisse pas éblouir, Siona, par ce prisme trompeur de la fortune que les ogres d'amour feront briller à tes yeux.

Réponds : es-tu bien décidée à poursuivre ta carrière artistique ?

— Oui, mon frère, j'y suis bien décidée.

— Sais-tu tout ce qu'il te faudra d'efforts pour arriver ?

— Je le sais.

— Sans fortune, que d'obstacles se dresseront sous tes pas, Siona!

— Je les briserai.

— Oui, tu résisteras longtemps, je le sais, car tu es vaillante.

Mais, hélas!... un jour peut venir où le découragement s'empa-rera de toi...

Désespérée, tu perdras en une minute de défaillance tout un avenir de bonheur.

— Mon frère, je ne faillirai pas! Je mourrai plutôt.

Du reste, l'existence que je rêve, je la connais d'intuition. Je crois à mon avenir! Je veux y marcher tête haute et sans crainte.

Et puisqu'il te faut, mon cher Siméon, une franchise sans bornes, je te dirai que je suis prête à tout pour arriver à ce rayon de gloire qui brille dans mon avenir.

Je braverai tout, tout, excepté le déshonneur! Ma famille?... mais que peut-elle pour moi? Et moi je puis tout pour elle.

— Mais, enfant, il te faut de l'argent, beaucoup d'argent pour accomplir tes projets.

— J'en aurai.

— Malheureuse! que dis-tu? De l'argent, toi?

— J'en aurai, te dis-je, et par lui j'arriverai à la fortune, à la gloire.

Le monde m'appartiendra, car le monde est à qui l'enchante.

C'est moi qui commanderai à cette foule, avide de pures jouis-sances.

Je serai reine! reine par le prestige de mon talent.

— Tu es folle, Siona.

— Non, je ne suis point folle. Est-ce folie que de pressentir l'avenir et de croire en lui.

— Calme-toi, Siona, l'on nous regarde.

— Ceux qui me voient m'admirent déjà.

— Ceux qui te voient, insensée, disent que tu es belle et fixent le prix de ta beauté.

— Chez la comtesse de Beaudréant, n'étais-je pas plus belle encore?

Oh! si tu avais entendu les bravos qui retentissaient à mon oreille charmée.

Pour une pareille heure de triomphe, je donnerais la moitié de ma vie.

— Je maudis cette soirée fatale.

— Tu la maudis, et moi je la regarde comme le premier échelon de notre prospérité à tous.

J'ai vu, ce soir-là, que j'avais eu raison de ne pas trop présumer de mes forces.

Oui, je le sens, je le veux : je serai célèbre.

Depuis cette soirée, j'ai eu mille visions dont le récit t'épouvanterait...

— Silence! interrompit Siméon, voici notre père.

Les deux jeunes gens ne s'étaient pas aperçus qu'ils étaient revenus sur leurs pas.

Le père Knauss était debout sur le seuil de sa demeure.

Quand il vit sa fille, il courut à elle.

— Siona, dit-il, es-tu mieux?

— Vois, père, comme je ris, dit Siona.

Et la pauvre enfant, sous l'influence de l'état d'excitation dans lequel elle se trouvait et sans souci des passants, fit entendre un long et spasmodique éclat de rire.

Siméon rougit.

Il entraîna sa sœur dans le couloir et lui dit à voix basse :

— Pas un mot de ce qui vient de se passer... Va embrasser ta mère.

Siona vola dans les bras de la vieille femme.

L'ange du foyer était revenu.

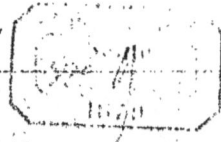

Le père Knauss était debout sur le seuil de sa porte.

XVII

TRAHISON

La comtesse de Beaudréant, assise dans son oratoire, lisait et relisait avec un douloureux étonnement la lettre qu'elle venait de recevoir de son fils.

Il lui annonçait son départ précipité et lui demandait pardon
d'avoir fui sans emporter le baiser maternel qui eût soutenu son
courage dans l'exil qu'il s'était imposé pour de graves motifs.

Mais il avait craint de faiblir, de ne pouvoir point se séparer,
même momentanément, de sa mère qu'il n'avait jamais quittée.

C'était, disait-il, sur les sages et bienveillants conseils d'un
vieil ami de sa famille qu'il avait pris cette rapide et énergique dé-
termination.

L'esprit de la comtesse se perdait en suppositions de toutes
sortes.

Son inquiétude était grande.

Elle avait donné à son fils, contrairement aux usages de la
vieille aristocratie, une éducation large, en ce sens qu'Hector avait
toujours joui de la plus entière liberté ; mais elle l'avait élevé dans
le respect de son autorité maternelle, et avait su lui inspirer de
bonne heure une grande confiance dans son expérience et dans la
sagacité de ses résolutions.

Quelle cause avait donc pu le déterminer à chercher d'autres
conseils que ceux de sa mère ?

Pourquoi ne lui avait-il point fait part d'une situation qu'elle
jugeait difficile et grave par la conséquence même qu'elle avait
entraînée ?

Mᵐᵉ de Beaudréant ne savait quel danger menaçait son fils,
quel obstacle le séparait ainsi momentanément d'elle et quel parti
elle devait prendre.

Son âme était violemment tourmentée.

Un domestique annonça le révérend père Rollet.

La comtesse tressaillit ; une lueur d'espoir arriva jusqu'à
elle.

Sous le titre d'ami de la famille et de directeur spirituel de
Mᵐᵉ de Beaudréant, César était le conseiller le plus intime et le
plus écouté.

La mère d'Hector courut au-devant de son visiteur.

Le jésuite comprit de suite, à cet empressement inusité, toute
l'inquiétude de la comtesse ; il acquit ainsi la certitude que, fidèle
à sa promesse, le vicomte avait quitté Paris.

— Mon père, savez-vous quelque chose ?

Hector est parti sans me prévenir autrement que par cette lettre.

Tenez, lisez! et rassurez-moi, car je ne sais quel secret et funèbre pressentiment m'agite...

— Rassurez-vous, madame; je sais où est Hector, c'est même sur mon avis qu'il s'est éloigné momentanément.

— Sur votre avis?

— Oui, madame; mais j'espérais, je pensais qu'une entrevue aurait lieu entre vous et lui avant son départ; et que, dans cette entrevue, il vous expliquerait sa conduite.

— Je n'ai point vu le vicomte. Je ne sais rien...

— En ce cas, madame la comtesse, je ne puis rien dire, puisque Hector vous a gardé le secret.

Je pourrais, en le divulguant, être blâmé par lui.

— Vous blâmer d'avoir confié à sa mère un chagrin qui l'afflige?

Non; je connais mon fils, j'ai toujours été la confidente de ses joies, il voudra que je partage aussi ses douleurs, puisque, malgré mes soins et ma sollicitude, il connaît la souffrance.

D'ailleurs, ne m'avez-vous pas dit que c'était d'après vos conseils qu'il avait fui Paris?

Vous me devez, au moins, l'explication de cet acte; à moins, pourtant, que ce ne soit sous le sceau de la confession qu'il vous ait avoué...

— Nullement, madame la comtesse, le vicomte m'a fait une simple confidence; je dirai même plus, il n'a fait que me demander conseil; cependant, dois-je vous le dire, ma conscience hésite à vous révéler ce dont il paraît vouloir faire un secret.

Enfin, si vous l'exigez?

— Non, je n'ai ni le droit ni la volonté d'exiger; mais je suis sa mère et je prie.

— J'obéis donc, madame la comtesse, quoiqu'à regret et vous prenant à témoin que c'est à la dernière extrémité que j'ai cédé à vos instances.

Madame la comtesse, votre fils est fou: un amour extravagant s'est emparé de lui, et c'est pour l'éloigner de ses feux insensés, que, trompant son amitié par un pieux mensonge, je lui ai conseillé cet exil.

— Que voulez-vous dire ?

— Que, lui, vicomte de Beaudréant, allié aux plus nobles familles de l'aristocratie française, aime avec passion une fille sans naissance, une ouvrière, enfin.

— Il se pourrait ?

— Et il veut mettre son glorieux héritage paternel, le nom et la fortune de ses nobles ancêtres, aux pieds de cette *pauvresse*.

En un mot, il a résolu de l'épouser.

— Mon Dieu, par ce temps de mésalliances, où les plus vieux blasons s'accouplent avec maintes petites bourgeoises rougeaudes dont les pères fournissent des dots amassées souvent à l'aide de honteuses faillites, je ne verrais pas grand mal, après tout, à ce qu'un Beaudréant épousât par amour quelque belle plébéienne, fille d'artisans honorables.

Je sais bien des duchesses de moderne facture qui n'ont ni si bonne mine, ni si honnête origine.

Je respecte ce que l'on nomme aujourd'hui nos préjugés, mais j'aime encore mieux le bonheur de mon fils ; et d'ailleurs, quand il est honorable, l'amour purifie tout.

Comment se nomme la belle enfant ?

— Siona Knauss, répondit Rollet abasourdi.

— Vous dites ?

— Siona Knauss.

— Comment, cette cantatrice ?

— Oui, madame, cette chanteuse qui a été tant applaudie par vos invités.

— Mais...

— Oh ! elle a raison de rêver la gloire du théâtre, car elle a tout ce qu'il faut pour briller et séduire.

— Monsieur !

— Le vicomte de Beaudréant sera l'époux d'une femme célèbre ; la noblesse de l'art est aujourd'hui autant estimée que l'*autre*, continua le jésuite, en regardant fixement Mme de Beaudréant.

— C'est impossible ! s'écria la comtesse.

— C'est ce que j'ai représenté à Hector ; mais il m'a répondu absolument comme vous, madame : qu'il ne croirait pas déroger en épousant par amour une belle plébéienne, fille d'honorables artisans ; et que, d'ailleurs...

— Mon ami, je vous en prie...

— J'ai ajouté, même, qu'il me semblait difficile que lui, descendant d'une noble lignée, confiât l'honneur de son nom et l'éducation de ses enfants à *une Juive;* mais...

— Elle est Juive? mais alors, tout est sauvé, il ne pourra l'épouser!...

— Au contraire, tout est perdu, car je suis chargé de la convertir à notre religion.

— Vous !

— Ministre d'un Dieu de charité, je n'ai pu lui refuser mon ministère, mon devoir est de ramener au bercail les brebis égarées.

— Mon Dieu ! s'écria Mᵐᵉ de Beaudréant, suis-je le jouet d'un horrible songe? mon fils! mon Hector!

— Comme prêtre, j'accomplis ma mission; mais comme homme, comme ami, j'ai voulu sauver le vicomte, et c'est pourquoi j'ai obtenu cet exil volontaire d'où il peut revenir, du reste; mais, d'ici là, j'espère cependant avoir réussi à mener à bonne fin la conversion de cette Siona.

Une fois chrétienne, il me sera aisé de lui persuader qu'elle doit prendre le voile ; nous la conduirons dans quelque couvent éloigné, et j'aurai ainsi satisfait à tous mes devoirs.

J'aurai donné au Seigneur une servante de plus, et à vous, madame, j'aurai ramené un fils égaré.

— Vous êtes bien notre bon ange, mon ami, oui, vous avez raison, c'est ainsi qu'il faut agir.

Mais je veux vous aider dans votre tâche.

Parlez, que puis-je faire ?

— J'aurai recours peut-être à votre bourse.

— Je vous l'allais proposer, fit la comtesse ; et elle ajouta, en écrivant à la hâte un billet qu'elle lui remit : ce mot vous ouvrira chez mon banquier le crédit nécessaire.

Rollet prit le billet, le serra soigneusement dans son bréviaire et ajouta avec calme :

— Pardonnez-moi cette indiscrète demande d'argent ; mais je

n'eusse pu suffire à ces dépenses et, dans tous les cas, mes pauvres en auraient souffert.

— Et je ne le voudrais pas, répondit la comtesse ; ne m'en parlez donc plus, si ce n'est pour me faire souvenir que je dois aussi payer la dot de la jeune néophyte.

— Je choisirai une communauté peu fortunée, afin que la venue de la novice puisse être, pour la sainte maison, un honneur et un bienfait à la fois.

— Vous êtes toujours charitable.

— Une grâce encore :

Je ne suis qu'un humble prêtre sans grande influence, il faudrait donc que vous m'autorisiez à user auprès du couvent de votre haut et puissant patronage.

— J'y conduirai moi-même la jeune fille.

A cette réponse, un éclair de joie illumina la figure de Rollet ; mais, se contenant, il ajouta :

— Et surtout qu'elle ignore le motif qui vous fait vous intéresser à elle !

Pas un mot de votre fils surtout.

— Je vous comprends, soyez sans crainte.

— Encore une fois merci, madame la comtesse, vous êtes une bonne et sainte mère.

— C'est à moi, mon ami, de vous exprimer toute ma reconnaissance.

Rollet salua avec componction et sortit.

Sa première visite fut pour le banquier de la comtesse de Beaudréant.

En sortant de chez ce dernier, il murmura ces paroles :

— Allons, maintenant de ce côté je suis tranquille, au besoin mon reçu pourra faire foi ; quoi qu'il arrive, Hector ne peut plus rien contre moi, il compromettrait sa mère.

XVIII

LE REPAS DU PAUVRE

Les derniers rayons du jour se jouaient sur les vitres bleues de l'unique fenêtre qui donnait de l'air et de la vie à l'habitation des Knauss.

C'était l'heure du repas.

Sur le bois d'une table vermoulue, la pauvre mère avait déposé des assiettes.

L'eau pure brillait dans une carafe de verre grossier.

Deux chaises de paille et le banc de travail du père étaient disposés autour de la table.

Siona, presque joyeuse, vint s'asseoir auprès de son père, en face de la petite fenêtre.

La mère apporta sur un plat de faïence, usé aux bords, des légumes fumants.

Hélas ! c'était la seule nourriture permise à ces malheureux.

Siona souriait aux dernières clartés, et son regard indécis semblait deviner le ciel dans le pâle rayon d'argent qui venait caresser son front.

Bientôt la lumière devint moins ardente, le soleil se pencha vers l'horizon et l'ombre descendit des toits.

Le gracieux messager des nuits, le blond crépuscule, avait remplacé l'astre-roi.

La belle Juive abaissa ses longs cils, son regard s'éteignit, sa lèvre perdit le sourire et, soutenant sa jolie tête dans sa main, elle soupira.

— Que le Dieu d'Israël nous aide! dit le père Knauss en brisant le pain.

Si un malheureux venait frapper à notre porte, je n'oserais la lui ouvrir.

Femme, combien nous reste-t-il d'argent ?

— Quelques sous, dit tout bas la mère.

— Demain, interrompit Siméon, qui venait de s'apercevoir de l'impression douloureuse qu'avait éprouvée sa sœur en entendant un pareil aveu, — demain notre avenir se décidera.

Je connais un maître tourneur qui a un gros commerce avec l'Amérique. Il m'a promis un travail avantageux.

Si je dois croire en sa parole, moi et mon père gagnerons au moins six francs par jour.

C'est alors que notre bonne Siona sera heureuse. N'est-il pas vrai, petite sœur ?

— Oui, murmura Siona.

— Tu me rends à la vie, reprit le père Knauss ; pour la première fois peut-être la misère me faisait grand'peur.

— Peur, mon père, quand nous avons des bras robustes !

— Pas pour moi, certes, mais pour elle, pour Siona ; car toi, chère femme, tu sais te contenter de peu.

Mais elle !... si jeune, si délicate, il lui faut des soins, des distractions.

Voyons, Siona, sois donc plus gaie. Tu me fais mal à l'âme. Tu ne manges pas... prends un peu de...

— Non, interrompit la mère Knauss. J'ai préparé à son intention un plat qu'elle aime bien.

Et la bonne femme se leva, ouvrit une armoire, et en sortit un petit gâteau de riz qu'elle posa sur la table d'un air triomphant.

Hélas ! Siona ne s'aperçut même pas de la touchante attention dont elle était l'objet.

Deux grosses larmes tombèrent des yeux de la pauvre mère.

Elle détourna la tête pour les cacher.

Siméon frémit.

Un flux de sang injecta ses yeux.

Il se contint un instant, mais bientôt sa douleur l'emportant sur sa volonté, il se leva et, frappant du poing sur la table :

— Damnation sur nous ! s'écria-t-il au paroxysme de la colère.

— Blasphème ! dit le père Knauss en se levant.

C'est que si tu étais devenue criminelle, je te tuerais.

Siona ne bougea pas.

Elle était anéantie.

Siméon reprit, se tournant vers Siona :

— Tu n'es donc pas l'ange que je croyais? s'écria-t-il.

Tu n'es donc plus la jeune fille au cœur pur que j'aimais à

baiser sur le front, et puisque tu n'es plus cela, tu n'es plus ma
sœur ! C'est trop souffrir.

Est-ce la faute des tiens si leur travail opiniâtre ne peut plus
suffire à satisfaire tes vains caprices ? C'en est trop.

Tu ne dois plus torturer les cœurs qui t'aiment. Ma voix se fera
enfin entendre pour t'obliger à t'expliquer.

Que veux-tu ? Parle.

— Je veux vivre, murmura Siona.

— Vivre, où ?... Vivre, comment ?

— Je veux vivre, répéta Siona.

— Vivre loin de nous, peut-être. Est-ce cela ?...

Tu ne réponds pas ? Oh ! je crains de te comprendre, Siona, tu
es devenue infâme, tu as un amant !

— Horreur ! s'écria Siona frémissante d'indignation.

— Tu as un amant, te dis-je.

— Moi... moi ? un amant... Oh !...

Il y avait tant de noble fierté et de pudeur à la fois dans ce cri
de la jeune fille, que Siméon comprit qu'il avait été trop loin.

Il reprit d'une voix plus douce :

— Siona, dis-moi son nom ?

— Ne me questionnez plus, dit la Juive, vous qui m'avez outragée. L'amour déshonnête peut donc être la seule cause de ma
tristesse ?

— C'est que si tu étais devenue criminelle, je te tuerais ! exclama
Siméon, en menaçant sa sœur, qui s'était affaissée sous la douleur.

Le père Knauss se plaça entre ses deux enfants.

— Malheureux, dit-il à Siméon, ne vois-tu pas qu'elle va
mourir ?

— Mais, mon père !...

— Silence !... Je suis le maître ici. Tu es fort, respecte sa faiblesse.

— Votre amour vous aveugle, mon père !

— Assez !... je te défends d'insulter encore ta sœur.

— Ma sœur ! Je l'aime plus que vous, et malgré vous, mon père,
je saurai la sauver.

— Insolent !

— Pardon, mon père, dit Siméon en tombant accablé sur une
chaise, la tête dans ses deux mains.

Tandis que la *bonté coupable* combattait la *prudence exaltée*, Siona, tremblante, agitée par la fièvre, avait fait le tour de l'appartement en s'appuyant tantôt sur un meuble, tantôt sur un mur.

Arrivée à la porte, elle se releva de toute sa hauteur.

Ses yeux lançaient des éclairs. On eût dit une lionne blessée.

Sa lèvre eut un mouvement convulsif.

Un vague murmure gronda dans sa poitrine.

Des mots inarticulés expirèrent dans sa gorge.

Le silence était effrayant.

La mère versait d'abondantes larmes; le père attendait, anxieux, ce qui allait s'exhaler sur les lèvres de sa fille.

Il n'avait plus la force de parler.

Siona eut un sourire horrible.

— Un amant! dit-elle, un amant!...

Oui, j'ai un amant... et cet amant... c'est Dieu!...

Soyez heureux, ô vous que j'aime... moi je pars...

Adieu, ma mère... adieu, mon père... adieu... Siméon! Adieu... tous...

Pas un des personnages qui assistaient à cette scène n'avait pressenti un pareil dénouement; aussi se crurent-ils tout d'abord le jouet d'un rêve horrible.

Mais bientôt la réalité leur apparaissant dans toute son horreur, tous les trois s'élancèrent.

Il était trop tard.

Siona avait disparu.

XIX

DIVERSION

Léon Rieux avait vainement attendu la visite quotidienne de Siona.

Pour la première fois, elle avait négligé de venir prendre sa leçon.

Elle l'avait quitté la veille dans un état d'agitation auquel il n'avait attaché qu'une médiocre importance, sachant que parfois l'étude un peu trop prolongée des chants qu'elle affectionnait lui causait une sorte de fièvre passagère.

Néanmoins, cette absence aurait en tout autre temps surpris, peut-être même inquiété le jeune professeur.

Mais, ce jour-là, l'esprit de Léon était tellement préoccupé qu'il ne songea nullement à s'alarmer.

En effet, il avait reçu le matin même un large pli cacheté de cire rouge armoriée.

Tel était le contenu de ce pli :

« Monsieur,

« J'ai la satisfaction de vous annoncer que Son Altesse Royale et Grand-Ducale, le prince régnant de Schausen-Liften, vous donnera audience aujourd'hui, à quatre heures, à l'hôtel de l'ambassade.

« Je saisis avec empressement cette occasion pour vous témoigner la très-haute considération et l'estime particulière de votre tout dévoué serviteur.

Le premier secrétaire de l'ambassade
du grand-duché de Schausen-Liften, à Paris,

« Cte RIEDRICHT. »

Léon Rieux ne connaissait en aucune façon Son Altesse Royale et Grand-Ducale le prince régnant de Schausen-Liften.

Il se souvenait vaguement seulement d'avoir été présenté autrefois au comte Riedricht, à l'une des soirées du faubourg Saint-Germain auxquelles son titre de compositeur et ses relations d'amitié avec Hector de Beaudréant l'avaient fait admettre.

Il ne pouvait donc deviner quel pouvait être le motif de cette audience qu'il n'avait pas sollicitée.

Aucune inquiétude ne le pouvait agiter; il ne redoutait point de disgrâce de ce prince dont le grand-duché, perdu dans la mosaïque de principautés qui avait nom Confédération germanique, lui était à peine connu géographiquement.

C'était donc évidemment la faveur qui venait le trouver inopinément, mais comme il ne se savait de ce côté aucun protecteur, il en était réduit aux conjectures les plus hypothétiques.

—C'est un prince protestant, régnant sur un pays protestant, se dit-il, ce ne saurait donc être une commande de musique religieuse.

Il s'agit peut-être d'une marche militaire, d'un pas redoublé pour les trombones et autres instruments de cuivre dont foisonne tout bon grand-duché allemand.

Je vois d'ici les trente ou quarante hommes dont se compose le contingent fédéral du prince, marchant en rangs serrés au son de ma musique !

De semblables réflexions occupèrent à tel point l'esprit du jeune musicien, qu'il ne songea pas à s'enquérir des causes de l'absence de Siona.

Il lui fallut d'ailleurs apporter à sa toilette une recherche rigoureuse, et bientôt l'heure de son audience approcha.

Il sauta dans une voiture et se rendit en toute hâte à l'hôtel de l'ambassade Royale et Grand-Ducale de Schausen-Liften.

XX

UN JÉSUITE DE ROBE COURTE

Dans un vaste cabinet de travail situé au premier étage du somptueux hôtel de l'ambassade de Schausen-Liften, le comte Riedricht attendait Léon Rieux en feuilletant un volume des *Archives diplomatiques*.

Ce cabinet, d'un aspect sévère, était meublé avec luxe.

De vastes tentures flottantes en velours vert retombaient, en plis harmonieusement drapés, devant les quatre portes à double battant qui y donnaient accès.

Des rideaux de même étoffe garnissaient les deux hautes croisées.

Les murs étaient tapissés de cuir chamois, imitation moderne du cuir de Cordoue, capitonné et retenu par de larges clous de platine à têtes en relief.

Ces panneaux étaient encadrés dans des colonnettes d'ébène sculptées d'un feuillage noir mat reposant sur un fond à couleur brillante.

Les colonnettes soutenaient un couronnement de vieux chêne fouillé au ciseau, véritable chef-d'œuvre d'art et de goût.

Ce couronnement, formant corniche, courait sur les bords du plafond en larges dessins du style corinthien le plus pur.

Aux angles, quatre écussons, également sculptés, s'y adaptaient soutenus par des ornements en platine.

Ces écussons étaient aux armes de Schausen-Liften.

Le reste du plafond était garni par un immense cadre d'ébène travaillé à jour se détachant en arabesques noires sur une tapisserie de cuir chamois semblable à celle qui garnissait les murs.

Ce cadre laissait libre au centre un vaste ovale aux contours gracieux, dans lequel étaient peintes à fresque les armoiries du grand-duc.

Entre deux portes, une haute cheminée de marbre noir, à cariatides, surmontée d'une horloge murale taillée dans le bloc même du marbre, supportait sur sa tablette une large vasque d'agate blonde en forme de conque, d'où pendaient capricieusement les grappes toujours vertes d'une plante grasse.

D'immenses chenets en bronze platiné brillaient dans cette cheminée, ayant pour compléments des candélabres de forme antique, dont les trépieds reposaient sur le plancher de vieux chêne à mosaïque de la salle.

Au fond, en face des deux hautes croisées, un vitrage soutenu par des colonnettes semblables à celles qui garnissaient les angles, laissait voir une sorte de serre abondamment garnie de fleurs et de feuillages, et servant de bibliothèque.

Le mobilier entièrement composé de chêne sculpté marié à l'ébène était en harmonie parfaite avec l'ensemble du cabinet.

Un peu avant l'arrivée de Léon Rieux, le comte Riedricht, abandonnant l'ouvrage dont la lecture l'avait absorbé un instant, se leva, vint s'asseoir devant un riche bureau, et fit jouer un ressort secret qui ouvrit un tiroir caché dans le double fond d'une caisse garnie de lames d'acier.

Il en tira un pli marqué en rouge à l'un de ses angles de la lettre H barrée d'une croix.

— L'ordre est formel, dit-il après avoir lu attentivement, je ne puis le comprendre, mais je dois obéir.

Quel sera parmi nous le rôle de ce nouveau personnage ? un musicien !

Peut-être n'est-il qu'un instrument aveugle, ignorant lui-même quelle influence secrète guide sa vie.

Un huissier annonça Léon Rieux.

Le tiroir secret se referma comme par enchantement, et quelques secondes après, le jeune compositeur était introduit.

Le comte Riedricht lui fit le plus amical et le plus sympathique accueil.

— Son Altesse le Grand-Duc, lui dit-il, ne peut malgré son

désir vous recevoir en personne ; il part ce soir pour l'Allemagne ;
mais il m'a chargé de vous exprimer ses regrets et de vous faire
part de ses intentions.

Son Altesse Royale vous prie d'accepter à sa cour la haute fonc-
tion de maître de chapelle, à laquelle est affecté un traitement de
10.000 thalers.

— A moi ? fit Léon Rieux.

— Si vous consentez toutefois, fit en souriant le diplomate ; vous
êtes, en outre, nommé grand'croix de l'ordre du Mérite de Schausen-Liften, avec la pension de 1.000 thalers qui y est attachée, et,
ajouta-t-il en ouvrant un écrin contenant la magnifique décoration,
je ne vous demande en échange que votre signature au bas de cette
nomination déjà signée en double par Son Altesse.

— Mais, à quelle haute protection dois-je cette insigne faveur ?
répondit Léon ému, troublé, ébloui par cette fortune inattendue.

— A M⁰ᵉ la duchesse de Mercey, dit en s'inclinant le comte ;
c'est elle qui a sollicité pour vous la bienveillance de Son Altesse.

— A M⁰ᵉ la duchesse de Mercey, mais je ne croyais pas avoir
l'honneur d'être connu d'elle.

— Le talent véritable est toujours modeste, monsieur, je le vois ;
mais c'est quand il est ignoré et méconnu qu'il convient à ceux qui
l'apprécient de réparer les torts de la société.

Vous pouvez donc accepter, monsieur Léon Rieux, car votre protecteur le plus puissant est votre propre mérite.

— Je ne saurais refuser une telle faveur, lors même qu'elle ne
comblerait pas mes vœux les plus chers.

— Signez donc, voici la plume.

Léon signa en tremblant de bonheur son acceptation. Le comte
lui remit sa nouvelle décoration, et le ruban dont il voulut lui-même
orner sa boutonnière.

— Et maintenant, dit Rieux, je cours remercier M⁰ᵉ la duchesse
de Mercey.

— C'est inutile, monsieur, la duchesse a quitté Paris hier ; elle
est pour quelques jours à son château.

— J'attendrai donc son retour.

— Son Altesse, quittant ce soir même la France, vous admet à
faire partie des quelques personnes qui voyageront avec elle.

Siona, les vêtements en désordre, les cheveux épars, était affaissée contre la porte.

— Comment? ce soir?

— Ce soir, à dix heures précises, ici, j'aurais l'honneur de vous présenter au grand-duc.

A ce propos même, ajouta le comte en offrant plusieurs rouleaux d'or à Léon, permettez-moi de vous remettre la somme qui vous est allouée pour frais de voyage.

A ce soir donc! je vous laisse à vos préparatifs un peu précipités, mais que voulez-vous, les princes n'attendent pas.

Léon, étourdi de ce brusque changement qui surprenait sa vie,
prit l'or que lui offrait le comte, serra machinalement la main qu'il
lui tendait, et sortit encore inconscient de la réalité de cette fortune
qui lui tombait du ciel.

A peine fut-il parti, que le comte Riedricht, s'asseyant de nouveau à son bureau, en fit jouer le ressort.

Il écrivit quelques lignes de mots composés avec un alphabet
particulier, signa d'une griffe imprégnée d'encre rouge grasse, ca-
cheta soigneusement la feuille, ne mit point d'adresse et sonnant un
domestique avec un timbre spécial, la lui remit en disant simplement ces deux mots : *Au père !*

Puis reprenant son volume sur la diplomatie, il sourit en disant
à mi-voix :

« Diplomatie! tu n'es qu'un mot creux, ma mie, je te le dis, moi,
comte de Riedricht, premier secrétaire d'ambassade de Schausen-
Liften, calviniste ardent, et secrètement affilié à la très-sainte Congrégation de Jésus ! »

XXI

FASCINATION

L'oiseau gazouille sa chanson matinale dans quelque buisson
fleuri.

Joyeux, il saute de branche en branche, voltige, caquette, puis,
comme un trait, va cueillir dans la clairière un brin d'herbe pour
son nid, une graine pour son repas.

La forêt est sombre, comme toutes les forêts encore vierges du nouveau monde ; le feuillage, d'un vert foncé, brille d'un éclat métallique sous les reflets du chaud soleil de l'équateur ; seules les lianes grises, retombant et s'entrecroisant, rompent la monotonie luxuriante du paysage.

L'oiseau, dont les mille couleurs étincellent, fait retentir l'air de son chant d'amour et de liberté.

Tout à coup, le chant cesse, la mélodie s'éteint ; tremblant, l'œil fixe, les plumes hérissées, l'oiseau volette avec effort en se rapprochant de la terre, il agite convulsivement ses ailes et pousse des cris de détresse.

Cela dure dix secondes ; puis la pauvre victime fascinée va s'engloutir dans la gueule béante d'un boa ou d'un serpent python, qui, les yeux ouverts, le regard vitreux, annèle au soleil son corps hideux.

Aux cris désespérés que l'infortuné oiselet a poussés, de tous les coins de la clairière arrivent en foule les colibris, les astrées, les becs-de-corail et tous ces admirables joyaux de la nature.

Ils sont venus, attirés par une instinctive pitié et, fascinés à leur tour par l'effroyable mirage, ils tombent tous, l'un après l'autre, sous la dent de l'affreux reptile.

Il est des hommes qui, comme les monstres, sont doués de l'épouvantable faculté de fascination, qui charme ou tout au moins domine ceux sur lesquels ils exercent leur terrible pouvoir.

A cette formidable puissance de l'homme sur l'homme, on a donné les noms de magnétisme animal, de spiritisme, etc.

Les noms sont nouveaux, les effets et les causes sont connus depuis longtemps.

Les convulsionnaires étaient des magnétisés.

Qui a vu un pauvre être humain, poussé par une force irrésistible, courir les yeux hagards, le sein oppressé, comme un fou, comme un possédé, à la recherche de celui qui a pris son être avec sa volonté, peut seul se faire une idée de la course désordonnée que fournit Siona pour arriver à la demeure de Rollet, après qu'elle se fut enfuie de la maison paternelle.

La nuit était noire.

Le vent hurlait sa sombre mélodie dans les rues de Paris.

Siona, les vêtements en désordre, les cheveux épars, était affaissée contre la porte de son maître.

Elle attendait, les mains crispées, le front brûlant, le cœur embrasé.

La cloche du couvent des jésuites sonna lentement la huitième heure.

La porte s'ouvrit.

Siona se précipita.

XXII

LE MÉDECIN DE L'ÂME

D'instinct, Siona gravit les quelques marches qui conduisaient à la chambre de César Rollet.

Dans sa précipitation, elle ne s'aperçut pas qu'elle était suivie de près par quelqu'un qui, comme elle, paraissait avoir hâte de voir le jésuite.

C'était une pauvre vieille femme qui cachait sa figure dans un foulard humide de larmes et étouffait mal ses gémissements.

Siona était enfin arrivée au terme de sa course.

Elle devina dans l'obscurité la porte de la chambre qui avait été témoin de ses premiers égarements.

Elle entra sans s'annoncer.

Le père Rollet, qui ne s'attendait pas à pareille visite, était nonchalamment étendu dans son large fauteuil.

A la vue de la Juive, l'étonnement se peignit sur ses traits; mais bientôt ses yeux pétillèrent de joie.

— Sauvez-moi ! s'écria Siona en courant à lui.

— Vous... ici... à cette heure ? balbutia Rollet.

— Oui, moi, reprit Siona... moi, qui...

La porte s'ouvrit.

C'était la seconde visiteuse, qui, enhardie par les allures de la Juive, avait cru pouvoir se permettre, elle aussi, d'entrer.

Rollet, qui s'était levé, eut un moment de colère.

— Que voulez-vous, madame ? dit-il.

Et craignant que Siona ne fût vue, il repoussa la pauvre femme rudement au dehors, en refermant la porte derrière lui...

— Mon révérend père, au nom du ciel ! ne perdez pas une minute, ma fille se meurt... Ma fille, Claire... vous savez ?... ma fille... celle à qui vous avez donné une *Imitation de Jésus-Christ*.

— Oui. Eh bien ?

— Elle se meurt, vous dis-je; et si vous ne venez sur-le-champ lui donner les derniers sacrements, je la perdrai, hélas ! sans avoir accompli mes devoirs de mère.

— Je ne puis dans ce moment... Adressez-vous à la paroisse.

— C'est vous qu'elle réclame, mon enfant.

— Je ne puis cependant... je... je suis occupé... courez à Saint-Étienne-du-Mont, vous dis-je.

— Pardon, révérend père, dit la pauvre mère en s'inclinant, pardon !

Puis les yeux remplis de larmes, et en s'éloignant...

— Ma fille ! ma pauvre enfant ! Dieu seul est clément !

A peine avait-elle disparu que Rollet, marchant sans bruit, se dirigea vers la porte qu'il entr'ouvrit.

Il prêta l'oreille, et ce ne fut qu'après avoir été certain que la porte s'était refermée sur la bonne femme, qu'il revint vers Siona.

Sans rien prévoir de ce qui allait se passer, il ferma à deux tours de clef la serrure de sa chambre.

Puis, se tournant vers la Juive qui, les bras croisés sur sa poitrine et la tête inclinée, paraissait en proie à la plus fiévreuse agitation :

— Avant tout, se dit-il, il faut la convertir.

Puis, élevant la voix :

— Ma fille, quel désespoir se peint sur votre visage !

Vous paraissez souffrir cruellement.

— Je veux mourir, dit Siona.

— Mourir quand on est si belle ! Dieu ne le voudrait pas !

Ce sont plutôt des consolations qu'il vous faut, et je suis là pour vous les prodiguer.

Bénissez le ciel, mon enfant, qui a mis sur vos pas un ami tel que moi.

Mais j'y songe, comment à cette heure... vous avez donc toute liberté pour sortir seule la nuit ?

— Non.

— Comment se fait-il... alors ? Vous m'effrayez ! !

— J'ai fui la maison paternelle.

— Pour venir ici... chez moi ? Ah ! c'est bien, Siona...

N'est-ce pas que votre cœur vous guidait vers votre seul ami ?... Vous avez quitté votre famille... est-ce pour toujours ?

— Oh ! non, je n'aurai jamais ce courage.

— Mais... puisque vous êtes partie ?

— C'est que je voulais me tuer.

— Voyons, Siona, asseyez-vous sur ce fauteuil et revenez à vous.

Je le vois, votre malheur est immense, votre plaie est profonde. Mais on peut vous guérir.

Là, près de moi... votre main dans les miennes. Ouvrez-moi votre cœur.

L'heure est avancée, mais ne craignez rien, vous êtes chez un ministre de Dieu.

Dites-moi vos chagrins.

— Encore une fois, dit Siona, dont les yeux avaient une vague expression d'effroi, je ne peux définir ce que j'éprouve.

Ce que je puis, c'est vous traduire une page de ma vie.

Je veux me vouer à l'art et mon père n'a pas les moyens de satisfaire ma noble ambition.

L'amour de mon frère pour moi le rend insensé.

Il croit que je marche à ma perte, et veut me persuader que le bonheur pour moi est dans l'existence misérable que le hasard m'a faite.

Habitué à la misère, il ne comprend pas toute l'horreur qu'elle m'inspire.

Il me traite de folle quand je lui parle de ma vocation.

Il m'insulte... oui, il m'insulte quand la tristesse s'empare de moi.

Il voudrait, l'égoïste, avoir toujours mon sourire devant ses yeux.

Je suis une partie de sa joie, de son plaisir.

Je ne suis plus une sœur pour laquelle il devrait rêver le bonheur ; je suis une des conditions de la douceur de son existence.

Je ne dois ni soupirer, ni pleurer, je dois sourire, et sourire toujours.

Je dois sourire, quand mes rêves sont noirs; je dois sourire, quand la misère met sa main décharnée sur mon âme inspirée.

Je dois sourire devant une table sans pain, devant un horrible grabat.

Je dois sourire, quand une robe de dure toile serre ma taille à m'étouffer.

Je dois sourire enfin quand je faiblis sous le poids de mon infortune.

Puis, avec une explosion de douleur :

— Je veux vivre, cependant ! il me faut ma place au soleil. Je la veux.

— Et tu vivras, enfant, s'écria Rollet.

Vous vivrez, belle enfant, vous vivrez pour ceux qui vous aiment, vous vivrez pour votre beauté.

La lueur bien faible de la petite lampe qui était sur la table doublait d'intensité en se réfléchissant dans les yeux du prêtre.

Il y avait comme une féroce joie peinte sur son front.

Ses lèvres s'arquaient sous l'impression d'un mouvement nerveux.

Il convoitait Siona, mais sa fourberie était égale à son amour.

Son cœur lui disait : « — Va, aime ! »

Sa raison lui disait : « — Attends !... »

« — Fais-en ta maîtresse ! » disait une voix.

« — Fais-la chrétienne ! » répondait l'écho.

Il voyait clair dans l'âme de sa victime.

Il la voulait chrétienne pour mieux la posséder.

Le voile de la religion ne suffisait déjà plus au prêtre ; il lui fallait désormais l'étole blanche du sacerdoce.

Il lui fallait, pour ainsi dire, abriter son amour sous la *chape d'or* du ministre.

Enfin Rollet avait compris Siona.

Il avait découvert, avec une joie indicible, le côté faible de ce cœur qu'il convoitait.

« — Elle veut la liberté et l'amour, se disait-il, elle aura ce qu'elle désire. »

— Siona, reprit-il, ne vous alarmez pas ; ma protection sera efficace.

Elle ne s'étendra pas seulement à vous, mais encore sur votre famille.

Dès aujourd'hui, vous êtes mon enfant, ma fille, ma bien...

Vous voulez de la gloire ? Vous en aurez.

Vous voulez être riche ?... Vous serez riche.

— Moi... dites-vous vrai ?

— Mon caractère exclut toute idée de mensonge.

Il faut que vous soyez... à votre vrai rang. Je serai heureux de vous avoir sauvée.

— Que vous êtes bon !...

— Dans quelques jours, Siona, vous brûlerez ces robes qui vous font horreur.

C'est de la soie qu'il faut à vos charmes.

Vous aurez des colliers et des bracelets... les premiers professeurs de musique vous auront pour élève.

Je songe aussi à remplir votre cœur.

— Mon cœur ?

— Oui, l'amour viendra vous visiter dans vos rêves.

— Je n'aime personne.

— Vous croyez n'aimer personne, Siona, parce que vous ignorez...

— Serait-il possible ?

— Vous aimerez celui pour qui la Madeleine déchira ses vêtements souillés.

Celui pour qui elle se fit plus pure que les anges.

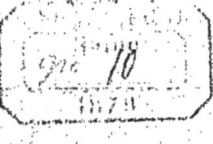

En disant ces mots, le Père Rollet avait ouvert sa bibliothèque.

Vous aimerez celui qui a rempli le cœur de Thérèse de douces extases, et son âme de douces expiations.

Celui pour qui parlent mes lèvres...

— Quel est-il ?

— Vous le verrez quand vous serez digne de l'approcher.

— Que signifie ?

— Siona, voulez-vous ou non être heureuse ?

— De quel bonheur parlez-vous, mon père, et que voulez-vous dire ?

— Je parle du seul bonheur possible ici-bas.

Voulez-vous une existence aussi enchantée que votre misère a été profonde ?

Voulez-vous des méditations aussi suaves, aussi exaltées que vos souffrances ont été pénibles, obscures ?

Voulez-vous enfin, pour tout dire, effacer un passé qui vous accable ?

— Oui, je le veux, parlez !

— Une seule condition suffira. Voulliez vous y soumettre et je puis tout !

— Parlez, de grâce, parlez.

— Soyez chrétienne !

— Malheur ! renoncer à la foi de mes pères... Jamais !

— Alors reste dans ta douleur, pauvre âme.

— Ne plus croire à mon Dieu !

— Reste dans la nuit de ton ignorance, mon enfant.

Reste misérable, Siona.

Garde ta robe d'innocence et ton fichu de lin.

— Hélas !

— Laisse ton cœur dans le vide.

Vis sans amour, comme sans richesse.

Marche sans ami, comme sans consolateur.

Si tu n'es chrétienne, je ne puis rien pour toi, Siona.

— Oh ! que je souffre !

— Si tu restes dans ta religion, je ne puis plus te voir, moi, le ministre d'un Dieu qui n'est pas le tien.

— Que faire ?

— Sois chrétienne, et devant toi s'ouvre un immense horizon.

Au lieu de la gloire fragile du théâtre, des succès éphémères de la vie mondaine, ta voix pure et suave, montant vers le ciel dans les accents mélodieux de la prière, recueillera les bénédictions divines ; ton cœur connaîtra les adorations enthousiastes de Dieu, les joies célestes de l'amour divin.

Alors ta gloire sera vraie.

Artiste, tu exalteras la grandeur du Très-Haut.

Femme, tu offriras ton âme entière aux contemplations infinies, union suprême de l'être et du Sauveur, extatiques baisers de la créature à son Créateur.

Siona, dans ta beauté d'archange, dans la splendeur de ton saint délire, tu seras la chaste et bien-aimée épouse de Jésus.

Tu rediras au monde ses cantiques sublimes.

Juive, tu languirais dans l'éternité de ton idolâtrie, ne connaissant que la misère et les luttes de ce monde.

Dieu le veut, tu détacheras ton âme de ces liens terrestres qui l'étreignent, tu goûteras en ce monde les ineffables jouissances du céleste paradis.

Ta voix montera jusqu'à lui comme un pur encens.

Un peuple de fidèles t'écoutera, prosterné dans la prière.

Dieu le veut, tu seras chrétienne !

— Chrétienne... moi ? Et les miens ?

— Ils veulent ton bonheur.

Je me charge de leur faire comprendre les bienfaits de la conversion.

Il y eut un moment de silence.

Rollet vit qu'il triomphait, ou du moins que l'heure du succès n'était pas éloignée.

Il avait assez fait.

Afin de dégager sa responsabilité, il fallait maintenant que Siona renonçât d'elle-même à sa religion.

Siona avait peur de la misère. Siona avait de grandes aspirations. Elle succomba.

— Prêtre, dit-elle en se relevant, les joues empourprées, les yeux hagards, les mains crispées. Prêtre, je suis à vous !

Je suis chrétienne dès cet instant.

Mais malheur à qui me trompe ! Malheur à moi si vous ne dites pas vrai !

Et maintenant où est cet époux dont vous m'avez parlé ?

Rollet vit qu'il avait encore été trop loin.

Le baptême ne lui avait pas livré la pauvre fille.

Il fallait, bon gré mal gré, prendre un chemin détourné.

— Mon amie, fit-il de sa voix la plus douce, et en écartant de sa main fiévreuse les boucles de cheveux noirs qui étaient collées sur les tempes de Siona, mon amie, tout ceci n'est qu'une pure fiction.

Cet ami qui doit remplir ton cœur d'ivresses et ton âme d'extases, c'est le Dieu d'une religion sainte et bénie parmi toutes, cette religion à laquelle tu appartiens désormais.

Apprends à le connaître.

Ce n'est pas un Dieu obscur, voilé de nuages, vêtu d'immensité.

C'est un esprit rayonnant, une âme compatissante qui vient parfois partager nos peines et nous apprendre à les supporter.

Regarde ! Il est là sur la croix, celui qui t'aime, et que tu aimeras bientôt.

Siona, dit brusquement Rollet, l'heure est avancée. Il faut revenir dans votre famille.

Allez vous humilier aux pieds de votre père et sécher ses larmes, car il a dû pleurer.

Demandez pardon à votre frère, embrassez votre mère.

Surtout ne leur dites pas que vous êtes venue chez moi...

Ah ! prenez ce livre, et lorsque vous serez seule, bien seule... entendez-vous ? vous en lirez quelques pages.

Demain, restez chez vous.

J'irai vous voir.

Cachez soigneusement ce livre. A demain, mon enfant. Soyez sans crainte. Dieu veille sur vous ! Je vous verrai demain matin. Faites que votre frère soit sorti.

Adieu encore !

N'oubliez pas de bien lire ce livre. Adieu, ma Siona...

Adieu, ma... sœur.

En disant ces mots, le Père Rollet avait ouvert sa bibliothèque et avait pris, presque les yeux fermés, un livre à couverture rose qui se trouvait sur l'étagère du milieu.

Siona prit le livre d'une main tremblante.

C'était la *Vie de sainte Thérèse.*

XXIII

UN ÉCHAPPÉ DU SÉMINAIRE

Le vicomte Hector de Beaudréant s'était retiré dans un château qu'habitait un de ses camarades de séminaire, à l'extrémité de la Bretagne, en plein Finistère, à quelques lieues de Kermalec, village dont ce domaine avait pris le nom.

Cet ami, auquel par une étroite affection, il était lié dès l'enfance, ne l'avait pas vu depuis sept ou huit années.

Le monde les avait séparés.

Mais une correspondance, sinon active, du moins presque régulière, entretenait constamment les relations des deux jeunes gens.

Le baron de Kermalec fut donc surpris, mais non étonné de la visite inattendue du vicomte.

La réception qu'il lui fit fut simple et cordiale ; elle était empreinte de la plus sincère affection.

Hector en fut tout heureux, et se consola presque de cet exil volontaire, qu'il jugeait d'ailleurs être de courte durée, en songeant qu'il retrouvait du moins, à cent cinquante lieues de Paris, une partie de cette affection à laquelle il était accoutumé, et que l'intérêt de son amour l'avait fait un moment abandonner.

Cependant une sorte d'inquiétude fébrile agitait son cœur.

Il sentait son avenir tout entier engagé dans un duel étrange, dont non-seulement il n'était point acteur, mais dont il ne pouvait pas même être témoin.

Il était malhabile à dissimuler ses craintes, malgré sa grande habitude de se dominer et de ne laisser refléter sur son visage aucune trace des émotions de son âme ; habitude qui fait partie de

la double éducation religieuse et diplomatique de l'aristocratie
parisienne.

Il n'avait point atteint, dans cet art de se combattre soi-même,
la force et le sang-froid nécessaires.

Il n'était pas non plus parvenu à cet état de rigidité absolue, de
froideur immuable, qui a souvent fait tout le mérite apparent de
certains hommes d'État, et dissimulé la parfaite nullité de bien
des prétendus grands politiques!

Impassibilité complète qui, pour les gens perspicaces, n'est trop
souvent qu'un indice d'absence totale d'idées et de raison.

Ces hommes, qui semblent toujours plier sous le poids de leurs
pensées, en imposent au monde semi-officiel qui les accueille.

Les honnêtes gens croient en eux, et les intrigants les re-
doutent.

Amis ou ennemis, ils sont pour eux l'inconnu qu'il importe de
ménager.

C'est ainsi qu'admis par les premiers, craints des seconds et
prônés par les imbéciles, ils gravissent majestueusement les
échelons de la fortune, recueillant les hommages de la sotte
humanité.

Ces génies *de confiance* sont la ruine des États, quand, ce qui
est souvent arrivé, leur impuissance s'exerce dans de grandes
fonctions.

Seul, le bon sens populaire en a toujours fait justice, car la foule
ne se paie pas de silence ou de sous-entendus.

Elle s'est parfois laissé égarer par d'éloquents mensonges,
mais sa justification est dans sa loyauté, qui, ne séparant jamais le
beau du vrai, ne comprend pas que le talent puisse se dégrader
par la mauvaise foi.

Oui, le peuple s'est trompé souvent; mais, s'il a quelquefois eu
le malheur d'acclamer la grue, il a, du moins, l'honneur d'avoir
toujours repoussé le soliveau.

.   .   .   .

Les inquiétudes secrètes et instinctives d'Hector se trahissaient
donc à tout moment et le baron de Kermalec devina bientôt qu'une
raison intime, cause violente, dominatrice de la volonté du vicomte
l'avait conduit auprès de lui.

Il comprit que ce n'était pas purement et simplement le désir
de renouer plus intimement leurs vieilles relations qui l'avait fait
entreprendre ce voyage, mais bien la confiance profonde qu'Hector
avait en son amitié.

Homme du monde et homme de cœur, il résolut de respecter le
secret du vicomte de Beaudréant.

Avec ce sentiment de délicatesse exquise, particulier aux âmes
d'élite, loin de chercher à étourdir cette douleur muette, il ne songea qu'à l'adoucir par le spectacle du bonheur calme et indépen-
dant qu'il avait su se créer.

La fatalité seconda mal ses efforts.

— Hector, lui dit-il un jour, après une semaine accordée au
repos, ne t'attendais-tu pas à me trouver tout autre?

Je gage que tu me croyais un Nemrod bas-breton ! que tu rêvais,
en venant ici, de ma meute de chiens courants, de mes braques
saintongeois, de mes chevaux de race, enfin, de tous ces équipages
de vénerie, attirail fort onéreux, d'ailleurs, que me légua un vieil
oncle, et dont mes lettres t'ont souvent entretenu.

— En effet, j'y avais songé, cher ami, mais je n'ai, je te l'avoue,
nullement été surpris de n'en point trouver trace.

Je me souviens toujours de tes goûts d'autrefois; n'étais-tu pas,
au séminaire, le plus ardent chercheur de vieux livres ?

J'ai compris que, pour toi, l'innombrable bibliothèque, qui meuble de ses rayons surchargés la grande salle de ton château, l'a
emporté sur la chasse.

Savant et religieux, tu as préféré sans doute les saints apôtres
à saint Hubert; je t'en fais mon compliment.

— Compliment ? diantre, mon cher Hector, ne te hâte donc
point.

Saint Hubert m'est, il est vrai, fort indifférent; mais, si j'ai
continué à être le familier des Saintes Écritures, ce n'est plus au
même point de vue qu'autrefois.

— Que veux-tu dire ?

— Promets-moi de ne point t'effrayer.

— M'effrayer ?

— Je m'explique :

N'ayant jamais vécu loin de la digne et noble mère, M⁰⁰ de

Beaudréant, si pieuse, si charitable; l'ayant toujours euc pour guide, tu es resté sans doute tel que je t'ai connu jadis, c'est-à-dire plein de religion et de foi.

— Je suis plus que jamais attaché par le cœur au catholicisme qui est le principe de toute autorité.

— Eh bien, si je te disais de ne point t'effrayer, c'est que je vais te mettre, toi croyant, en face d'un incrédule, d'un damné.

— Je ne te comprends pas.

— Je suis damné, mon cher Hector, damné cent fois, excommunié, anathématisé!

— Kermalec! fit le vicomte, en regardant avec un mélange de stupéfaction et d'effroi son ami impassible.

— Ce que je t'affirme est la vérité, répliqua le baron.

— Je te plains, alors.

— Ah! voici, sur ce point nous différons encore; tu me plains, et moi je suis heureux.

Ecoute-moi donc :

Lorsque tous ceux qui m'étaient chers furent morts, resté seul de mon nom, sans famille, n'ayant d'affection que pour quelques rares amis, comme toi, mes anciens camarades de séminaire, je songeai à me rapprocher d'eux.

Mais, les uns avaient suivi leur vocation première et se trouvaient dispersés sur tous les points du globe, sous l'habit du prêtre ou sous celui du soldat.

Les autres vivaient à Paris, près de leurs familles.

Je ne pouvais rejoindre ces derniers; Paris, avec son agitation mondaine, effrayait ma nature un peu sauvage.

Je résolus donc de m'enfermer ici, seul avec mes chers livres, qui avaient été déjà mes fidèles amis d'enfance.

C'est là ce qui m'a perdu ou sauvé, suivant que ton appréciation ou la mienne prévaudra.

Je me suis fait l'amant de la science; j'ai voulu étudier les causes physiques, palpables des secrets infinis de la nature; j'ai donné toutes mes heures à la découverte des grands problèmes scientifiques.

Comprends-tu maintenant, ajouta en riant le baron, pourquoi je suis un réprouvé?

C'est à la lueur d'un bec de gaz qu'elle parcourut les premières lignes.

— Je comprendrais, si je croyais à la sorcellerie.

Mais si tes études se sont bornées aux recherches savantes, l'Église, aujourd'hui que je sache, n'interdit ni ne nie les sciences exactes.

— Oui, mais les sciences exactes nient certaines traditions.

Or, repousser certains points du dogme, philosopher, expliquer des miracles, n'est-ce pas de l'impiété ?

Mon curé, un digne cœur, excellent homme, me traite d'*échappé de séminaire !*

— Ainsi, tu n'as plus la foi, tu doutes ?

— Je ne doute plus, j'affirme.

— Toi, un séminariste ! mais alors, tu es un renégat.

— Oui, mon ami, comme Galilée.

Hector de Beaudréant, à qui son éducation avait inculqué le respect le plus profond des croyances enseignées, contemplait avec stupeur le baron Kermalec.

Celui-ci continua ainsi :

— J'ai voulu brièvement te mettre au courant de ma vie, te prévenir enfin.

Chaque jour, ici, tu seras exposé à m'entendre blasphémer, car malgré le désir que j'ai de ne te point déplaire, je ne puis répondre entièrement des actes de ma vie intime, et c'est ma vie intime que tu vas partager.

J'ai pour principe immuable la tolérance, je n'ai pas la prétention de combattre tes idées religieuses, mais je te demande de respecter les miennes.

Tu ne parviendrais jamais à faire revivre en moi la foi perdue ; les derniers vestiges ont été emportés par le vent de l'examen et de la froide raison.

Je n'admets pas les conversions qui sont l'œuvre extatique de la parole d'un mortel ; bien plus, je les condamne.

Nous avons le droit d'indiquer la route ; mais chacun doit choisir celle qu'il croit devoir suivre.

Ces dernières paroles firent une étrange impression sur l'esprit d'Hector.

Il interrompit brusquement cette causerie, et courut se réfugier dans sa chambre.

Les réflexions les plus pénibles assaillirent son esprit. Il songea à Siona, à Rollet, à cette conversion entreprise par le jésuite, dans le but de satisfaire une misérable passion.

Pour la première fois il s'effraya de l'immense responsabilité morale qu'il assumait.

De quels moyens se servirait César ?

Comment agirait-il sur l'âme exaltée de la belle Juive ?

Que pouvait être cet amour né sous l'empire d'un mysticisme ardent, cette complicité obtenue par les terreurs de l'enfer ?

Toutes ces questions se heurtaient dans son cerveau.

Il hésitait, et déjà ses doigts avaient saisi la plume, peut-être pour annoncer son retour et sa renonciation à son projet, quand un domestique vint lui remettre deux lettres timbrées de Paris.

L'une était de sa mère.

L'autre venait de Rollet.

Ce fut celle-ci qu'il décacheta la première.

XXIV

L'ENFANT PRODIGUE

Il était dix heures du soir quand Siona sortit de chez Rollet.

La nuit était fraîche et conséquemment les flâneurs peu nombreux.

Le grand air était venu comme une rosée rafraîchissante chasser du cerveau de la belle Juive cette fiévreuse exaltation qui un instant l'avait possédée tout entière.

Sa curiosité de femme fut éveillée par les dernières paroles du prêtre :

— « Cachez ce livre, avait-il dit, cachez-le bien. Lisez-le seule, bien seule. »

Que pouvait être ce livre ?

Elle laissa au vent le soin de tourner les feuillets, et c'est à la lueur d'un bec de gaz qu'elle parcourut les premières lignes.

Rollet avait eu raison de dire :

« Lisez au hasard. »

Il savait qu'il suffisait que Siona lût une ligne pour être persuadée qu'elle irait jusqu'au bout.

L'enchaînement des idées était si bien amené, l'intérêt si bien disposé, que, ainsi que le prêtre l'avait prévu, Siona ne put arracher ses yeux du livre.

C'était la *Vie de sainte Thérèse.*

Malgré elle, elle tourna un feuillet, puis deux, puis trois.

Bientôt elle ne lut pas, elle dévora le récit de cet amour où le mysticisme et le charme avaient une égale part.

Oh ! Rollet avait bien choisi.

Ainsi, dans ces nuits de la décadence romaine, les Tibères d'amour enduisaient de miel et couvraient de roses les bords de la coupe où dormait le poison.

Les malheureuses buvaient la mort en souriant et râlaient en disant : « Merci ! »

Siona lut.

Les délices du ciel et les tortures de l'enfer agitèrent tour à tour son âme.

Elle s'exaltait devant cette force suprême qui avait mis dans le cœur d'une femme tant de passion, tant d'amour.

Sa famille n'existait plus pour elle.

Elle ne pensait plus à ceux qui pleuraient son absence.

Son esprit et son cœur étaient tout entiers à l'objet de ses méditations.

Si, chassés par un vent d'orage, deux nuages noirs s'étaient choqués sur sa tête, elle eût pris l'éclat de la foudre pour la voix de Dieu, et les larges gouttes de pluie pour l'eau bienfaisante du baptême.

Elle se fût agenouillée sur la pierre humide et se fût écriée :

« — Merci, mon Dieu ! je suis chrétienne. »

Les pas de quelques hommes attardés retentirent.

La Juive leva le front, elle se vit seule, mais n'éprouva aucune crainte.

Ce qu'elle avait lu lui avait communiqué une force et un courage qui lui faisaient maintenant envisager le danger sans faiblesse.

Les vifs reproches qu'elle allait essuyer en se présentant devant sa famille ne l'effrayaient même pas.

Sainte Thérèse, enfant, n'avait-elle point tout abandonné, parents, amis, famille, et cela sans regrets, sans remords, par pur amour de Jésus ?

Dans ce livre de feu, elle avait appris à braver toutes les souffrances, toutes les humiliations.

Ce qu'elle craignait, ce n'était plus la colère ou la douleur de ses vieux parents ; c'était que le Dieu des chrétiens ne détournât sa face d'elle.

Et cependant Siona était bonne et son cœur était grand.

Mais, hélas ! pourquoi la nature de Siona était-elle si délicatement pure ?

Fatals décrets d'une providence insondable !

Belle comme une vierge qu'illumine la vraie foi et qui brave toutes les colères, Siona reprit tranquillement la route de sa demeure.

Sans hésitation, le front haut, elle se présenta devant sa famille.

On ne s'aperçut pas d'abord de son arrivée. Le père Knauss lisait à haute voix ce passage de la Bible où Job bénit son fumier.

Au milieu de son malheur, cette lecture était une consolation pour le vieillard ; il lui semblait que se mettre sous la protection de son Dieu, en invoquant ses Écritures, c'était s'humilier, racheter ses fautes par la résignation.

La mère pleurait.

En voyant Siona, elle éclata en sanglots :

— Ma fille ! soupira-t-elle.

— Ma mère, dit Siona en se jetant dans ses bras.

Les cœurs des époux Knauss s'emplirent d'une telle joie qu'il ne s'y trouva plus une seule place pour la colère.

Ils prodiguèrent leurs caresses à celle qui était si coupable.

Le dirai-je ? Siona fut à peine sensible à ces embrassements.

Elle sentit sur ses joues les larmes brûlantes de sa mère, et elle n'eut pas un battement de cœur, pas un sanglot de honte, pas une larme d'humilité !

Son âme était encore sous le charme des horizons nouveaux qui venaient de s'ouvrir devant elle.

O malheureuse mère ! comme vous fûtes abusée en cet instant !

Pauvre femme, as-tu eu conscience de la perte irréparable que tu venais de faire ?

Et toi, fille dénaturée, comment n'as-tu pas compris qu'il n'est pas de religion au-dessus de celle de la famille, qu'il n'est pas de véritable joie pour l'âme ingrate oubliant son berceau ?

Siona était perdue.

Perdue pour les siens, perdue pour son Dieu.

Elle était à Rollet.

Quel triomphe !

La réception pleine d'amour que trouva Siona, dans cette demeure qu'elle n'aurait jamais dû quitter, n'était pas seulement le résultat d'une joie aveugle.

Comme à l'enfant prodigue dont parle l'Evangile, la minute du retour n'effaçait-elle pas les longues heures d'angoisses ?

Non, cette mère aimait à tel point son enfant qu'elle lui pardonnait sans l'entendre.

Ce n'était pas de l'aveuglement, car la pauvre femme, tout en prodiguant ses baisers à la belle retrouvée, songeait déjà à ses besoins matériels.

— As-tu faim ? demanda-t-elle à Siona.

Siona fut bonne, elle essaya de sourire et dit :

— J'ai sommeil.

Le père Knauss, de sa main tremblante, écarta le rideau qui cachait l'espèce d'alcôve où était le lit de Siona.

Puis, soulevant l'unique chandelle qui éclairait la chambre :

— Bonsoir, ma fille, dit-il en l'embrassant au front.

Siona rendit ce baiser à son père, et les époux gravirent péniblement le petit escalier qui devait les conduire à la soupente où étaient étendus les matelas qui leur servaient de couche.

Siona avait approché de la lumière vacillante un petit verre plein d'huile sur laquelle nageait une bougie veilleuse.

Bientôt le silence se fit.

Le père Knauss était si bon, si faible, que, craignant même de contrarier sa fille, il n'avait pas — on l'a vu — murmuré le moindre reproche.

Le baiser du soir avait été le même que celui de la veille, de toujours.

Le vieillard regrettait cependant l'absence de Siméon qui s'était élancé à la recherche de sa sœur et n'était pas encore revenu.

Devant son fils, peut-être aurait-il pu parler.

———

XXV

SAINTE THÉRÈSE

Siona glissa prestement dans ses draps blancs le livre du prêtre.

Elle ferma le rideau d'épaisse serge qui garantissait son lit, comme pour mieux cacher encore l'ouvrage aux regards profanes.

Elle accrocha la veilleuse à un petit clou, fixé au mur, un peu au-dessus de la tête du lit.

Toutes ces précautions prises, elle commença à se dépouiller un à un de tous ses vêtements.

En retirant sa robe, elle froissa ses cheveux et eut un mouvement instinctif de naïve coquetterie, comme si elle eût voulu plaire encore à la nuit.

Ses jupons qu'elle laissa glisser le long de son corps formèrent autour d'elle comme un joyeux rempart d'étoffe, qu'elle franchit hardiment.

Puis elle délivra ses pieds, d'une petitesse tout à fait extraordinaire et d'une éblouissante blancheur, de leur noire prison de coutil.

Pauvres bottines usées, qu'elle abandonna pour faire rapidement et gracieusement serpenter dans ses doigts roses le long
ruban de son corset.

Elle était ainsi mi-nue

Sa chemise de grosse toile avait conservé la forme du cilice
busqué qui emprisonnait son sein et serrait sa taille.

Bientôt, les plis s'allongèrent, la toile grossière prit la forme
d'une draperie antique; arrêtée en biais sur ses épaules, elle descendit en lignes droites jusqu'à ses pieds.

Une gracieuse courbe, soulevée par moments, comme la vague
capricieuse d'un lac caressé par la brise, attestait les battements de
son cœur et le pur modèle de son sein.

Siona, guidée par l'habitude, s'agenouilla pour prier.

Elle eut un mouvement d'effroi.

Le doute heurta son cœur.

Quel Dieu allait-elle invoquer?

Une voix disait : Israël! mais son âme disait : Jésus!

Brisée, elle se laissa tomber sur une main.

Cette main rencontra le livre du prêtre.

Elle le prit, l'ouvrit.

Ses yeux s'arrêtèrent sur le passage suivant :

« Jésus, son Dieu, son époux, lui promit d'être toujours avec
« elle.

« Cette promesse l'enflamma d'un nouvel amour encore plus
« ardent, et souvent il lui semblait que son âme allait se séparer de
« son corps!

« Le désir de voir Jésus-Christ la dévorait tellement, que dans
« ses transports elle se croyait près d'expirer.

« Elle aimait à répéter ces paroles :

« *Mon âme soupire après vous, ô mon doux Jésus, avec autant*
« *d'ardeur qu'un cerf altéré après la source des eaux!* »

« A ces mots elle se sentait comme emportée hors d'elle-même.

« Dès qu'elle aperçut dans sa cellule Jésus-Christ sous les voiles
« eucharistiques, tout accablée qu'elle était, elle se leva coura-
« geusement sur son séant.

« Son amour, à la vue de cet aliment céleste, lui donna des
« forces.

Il se dirigea vers le lit de sa sœur, écarta les rideaux...

« Son visage se ranima, et parut s'embellir et rajeunir.

« Alors, tournant ses yeux ardents vers Jésus-Christ, elle dit :

« *Venez, Seigneur; venez, cher époux; enfin l'heure est arrivée!* »

« Étant éclairée de cette lumière de la foi, elle contemplait si
« clairement des yeux de l'âme le corps de Jésus-Christ, qu'elle

« déplorait sans cesse sa captivité dans cette vie mortelle, qui lui
« en empêchait la jouissance continuelle.

« Et étant ravie en extase, considérant les joies du paradis, elle
« croyait y participer.

« Notre Seigneur Jésus-Christ, en plusieurs visions et révéla-
« tions, lui ayant fait la grâce de la prendre pour son épouse, en lui
« donnant la main droite, et lui disant ces paroles :

« *Désormais, comme une vraie épouse, tu soigneras mon honneur ;*
« *maintenant je suis ton unique époux et tu es toute à moi.* »

« Elle vit aussi un ange qui lui traversait les entrailles avec un
trait ardent.

« Alors l'amour divin remplissait son cœur.

« Après sa mort, en une vision, elle déclara à une religieuse
« qu'elle n'était pas morte par la force de la maladie, mais par
« l'excès d'un embrasement de l'amour divin (1). »

Siona lisait avidement ces descriptions passionnées d'un amour
à la fois matériel et immatériel, sensible et révélé, qui avait exalté
jusqu'au délire l'âme de sainte Thérèse.

Son regard se fixait d'instinct sur une horizon étrange, mirage
fébrile, produit de la surexcitation morale.

Elle voyait, éclatant de toutes les beautés de la plastique
antique, ce doux Jésus, dont le regard tout d'amour et de tristesse
semblait l'attirer.

Devant elle, le rêve extatique faisait rayonner dans toute sa
splendeur le grand crucifié !

---

(1) Nous avons cru devoir, tout en choisissant les extraits ci-dessus, tant dans la
Vie de sainte Thérèse (édition approuvée par un évêque et destinée aux écoles chrétiennes) que dans la bulle de canonisation de cette bienheureuse vierge, nous avons
cru, disons-nous, devoir nous abstenir de citer les passages qui eussent surtout fait
comprendre l'influence désastreuse qu'eurent sur l'esprit de Siona les rêves exaltés
de la sainte.

Notre plume se refuse à les transcrire.

Il semble que ce soient là les cris douloureux de la catalepsie érotique ;

L'idéal de la lubricité, le répertoire des voluptés de l'ascétisme.

C'est toujours près de sa couche, que sainte Thérèse, comme sainte Aubierge,
voit Jésus-Christ éclatant de splendeur la prendre pour épouse, et Grégoire XV par
sa déclaration solennelle bénit en quelque sorte cet étrange mariage.

Mais tout ceci tend à prouver que les meilleurs livres peuvent être les plus mauvais, et que jamais le philosophisme et même le roman n'ont produit de si terribles
effets sur le cerveau humain que certaines œuvres dogmatiquement irréprochensibles.

A. S.

Ces bras étendus semblaient chercher l'étreinte d'un long et suprême baiser.

Ce baiser, elle allait le donner à l'image du divin crucifié, quand soudain retentit le bruit d'une porte qui s'ouvrait.

Siona reconnut les pas de Siméon.

Elle arrondit son bras au-dessus de sa tête, tandis que de l'autre elle cachait son livre.

Siméon fut surpris du silence qui régnait dans la maison, alors qu'il venait mêler ses larmes à celles de son père et lui dire avec douleur : Je ne l'ai pas trouvée !

Il se dirigea vers le lit de sa sœur, en écarta les rideaux, et se penchant, il effleura de ses lèvres le front de la belle endormie.

Celle-ci ne fit aucun mouvement.

Il était heureux : Siona était revenue !

— Qu'elle est belle !... dit-il en s'éloignant, trop belle !... hélas !...

La petite bougie-veilleuse se noya dans la nappe d'huile et la nuit se fit.

Vaincue par le sommeil, Siona s'endormit pour ne se réveiller que dans le monde des rêves.

XXVI

LES DIVINES FIANÇAILLES

Et le ciel se voila de noir ; d'épais et sombres nuages le cachèrent aux yeux des mortels.

Et ces nuées versaient sur la terre de larges gouttes de pluie, semblables à des pleurs célestes.

Au-dessus, dans l'infini du firmament, le tonnerre grondait sourdement.

Et il grondait, ne cessant de gronder que pour éclater terrible, et alors la foudre déchirait les voiles impénétrables du ciel, et alors aussi l'éclair jaillissait immense de la nue, embrasant le monde de son éclatant reflet.

Et l'éclatant reflet éclairait la terre.

Et malgré la tempête, des hommes riaient et chantaient, exposant sans peur leur front au foudroiement.

Et ces hommes se disaient « les puissants et les sages : » les puissants par la puissance, les sages par la sagesse.

Et ils se couronnaient de lauriers.

Et ils se couronnaient de roses blanches.

Et les larmes brûlantes des nuages tombaient sur les couronnes de leurs fronts. . . . .

. . . .

Et voici qu'une voix d'en haut se fit entendre; elle dit :
L'HEURE EST VENUE.

Et cette voix, qui était douce et forte, écarta la nuée, qui laissa voir au-dessus de l'immensité l'azur céleste, la pureté éternelle du firmament.

Et les cœurs de certains d'entre les hommes furent touchés, et ceux-là étaient les faibles et les opprimés.

Et ils tombèrent à genoux sur un point de la terre, et le soleil doucement éclaira ce point de la terre.

Et de ce point de la terre fut écartée la tempête, car il reposait paisible à l'abri d'une croix.

Et les puissants et les sages raillaient les faibles et les opprimés, disant qu'ils étaient les lâches et les fous.

Et ils vinrent pour les chasser du point de la terre où la croix s'élevait sous l'azur; ils vinrent en blasphémant et en insultant.

Et voici que tout à coup leurs cris se changèrent en un murmure étrange.

Et voici que leurs voix se confondaient comme à Babel.

Et l'air retentit de ce murmure, semblable aux rugissements sauvages des bêtes fauves, quand, la nuit, la caravane allume ses feux dans le grand désert.

Et la terre trembla, comme si elle eût frémi de douleur sous le passage de leur multitude.

Et les puissants et les sages s'avançaient pareils au torrent qui ravage la plaine, furieux et dévastant le monde sur la route.

Et leur route était marquée par un long sillon, où coulait un fleuve de sang. . . . .

. . . .

Car tout ce qui a été dit par les prophètes s'accomplira. . . . .

. . . .

Et c'en était fait de la terre; mais arrivés à ce point de la terre où étaient à genoux les faibles et les opprimés, les puissants s'arrêtèrent.

Et leurs cœurs furent touchés.

Et les sages, les insultant, poursuivirent leur route.

Et comme la terre tremblait toujours sous leurs pas, ils disaient :

Elle a peur de notre sagesse.

Et comme les arbres inclinaient leurs branches, et que leurs rameaux touchaient la poussière des chemins, les sages disaient :

Ils s'inclinent devant notre sagesse.

Et ainsi ils arrivèrent au pied de la croix.

Et ils étaient couronnés de lauriers.

Et ils étaient couronnés de roses blanches.

Et le Fils de Dieu était couronné d'épines.

Et les gouttes brûlantes du sang de son front tombant de sa couronne inondèrent les couronnes de leurs fronts.

Et les roses blanches devinrent rouges.

Et les sages s'émurent, car l'esprit de Dieu les avait pénétrés.

Et JÉSUS-CHRIST leur sourit. . . . .

. . . .

Et les trompettes éclatèrent au haut des cieux en sons retentissants; les anges chantèrent *hosannah!*

Et les archanges se groupèrent immaculés autour d'un trône resplendissant.

Et la croix sanglante du Golgotha fit place à ce trône, et le Seigneur JÉSUS, le doux Sauveur, Fils de Dieu tout-puissant et rédempteur des hommes, y parut.

Et il était rayonnant dans sa gloire.

Et derrière lui le paradis céleste s'étendait immense ; il s'étendait, et il était tellement étendu en grandeur, qu'il avait trois fois les dimensions qui sont attribuées à la Jérusalem céleste dans l'Apocalypse de Jean (1).

Et le CHRIST appela, par les noms de sainteté et de béatitude, ceux et celles qui étaient morts dans l'adoration de sa divinité.

Et ils répondirent en criant :

ME VOILA !

Et son doigt leur toucha le front ; ce qui les unissait à lui pour toujours.

Et les chants d'allégresse retentirent au plus profond des abîmes comme au plus haut des cieux ; ils retentirent, et le cœur de Siona bondit d'espérance ; elle sentit pénétrer dans tout son être les joies intérieures de l'amour divin.

Et la voix du ciel l'appela en disant :

SIONA !

Et elle sentit que son âme abandonnait son corps.

Et elle répondit :

ME VOILA !

Et le CHRIST lui dit :

Siona, voici que tu es mon épouse, mon unique, et que je suis ton seul époux.

Et un archange conduisit Siona au pied du trône de lumière.

Et elle dit :

Seigneur JÉSUS, je vous aime de tout mon amour.

Et Jésus lui dit :

Je te confie mon honneur comme à une fidèle épouse, et comme une vraie épouse tu es toute à moi.

Et je serai avec toi, car je suis descendu sur la terre, et je me suis fait le serviteur du plus humble de mes serviteurs.

Et mon corps sera avec toi, car ton âme est la mienne.

Et il lui posa le doigt sur le front, ce qui l'unissait à elle pour toujours.

Et il la fit asseoir sur le trône de lumière ; et les archanges,

(1) Chap. XXI, v. 16.

et les anges, et les bienheureux s'éloignèrent en exaltant ses louanges.

Et une musique divine, qui pénétra tous les sens de Siona et qui s'épandait comme un parfum, se fit entendre.

Et Jésus lui dit :

Tu es la bien-aimée de mon cœur.

Et, pleins d'amour, ils restèrent seuls dans l'immensité du paradis céleste . . . .

Siona s'éveilla en proie à une sorte d'enivrant délire.

Le jour commençait à paraître ; elle se souleva à demi sur son séant, et contempla avec une stupéfaction étrange sa misérable couchette et le pauvre ameublement de la chambre.

Une expression douloureuse contracta ses traits.

Ses yeux, pleins de langueur et de flammes ardentes, se voilèrent un instant derrière leurs paupières, comme pour éviter la vue de la pénible réalité qui lui apparaissait.

Puis, elle les rouvrit, et ils tombèrent sur les instruments de travail de la famille, les outils de son laborieux père, ces outils qui l'avaient fidèlement aidé à gagner le pain de la vieille mère et des enfants.

A cette vue, une vive rougeur colora son front.

Elle détourna la tête.

Le livre de Rollet frappa son regard ; elle le saisit avidement.

Son âme entière s'absorba de nouveau dans la lecture des rêves religieux de sainte Thérèse.

Mieux que la veille, elle en comprit les dévotes hystéries ; ce qui avait été chez elle de l'enthousiasme et de l'admiration, devint de l'adoration et de la ferveur.

Quand elle sortit de l'extase, ce ne fut plus avec douleur, ce fut avec pitié, avec mépris, qu'elle contempla sa misère et celle des siens.

Elle avait possédé les joies du ciel ; son âme était à jamais détachée des choses de la terre.

XXVII

PETITES PASSIONS DU RÉVÉREND PÈRE ROLLET

Rollet avait promis à la duchesse de Mercey d'aller passer la soirée chez elle.

Il ne voulait, en aucun cas, manquer à cette promesse, mais la dernière visite de Siona avait été si subite, si inattendue, qu'elle l'avait surpris au moment où l'heure de se rendre chez la belle duchesse Diane approchait.

Lorsque la jeune fille le quitta après le long entretien dont nous avons parlé, il était tard, trop tard pour la duchesse.

Le jésuite, obligé de présenter un motif plausible auprès de Mme de Mercey, préféra attendre encore un peu, afin de pouvoir lui donner une excuse acceptable.

César Rollet ne voulait pas penser à Siona, car l'idée seule de la posséder un jour le rendait fou d'impatience.

Il ouvrit donc sa bibliothèque et prit un livre.

Sur tous les rayons, au premier rang, s'étalaient, luxueusement reliés, les œuvres des pères de l'Église, les sermons de Bossuet, etc.

En retirant quelques volumes, les livres du deuxième rang apparaissaient.

Voltaire y coudoyait Boufflers ; Molière s'appuyait sur Rabelais, et Balzac était sur Saint-Simon.

Le rayon du haut était encombré de brochures.

Les articles des libres-penseurs écrasaient les insulteurs de l'*Univers*.

La collection complète du *Siècle* étouffait quelques numéros de l'*Ami de la Religion*.

L'abbé Rollet choisit une bible protestante qui se tro**·**ait der-

Follet se leva, descendit précipitamment les escaliers...

rière les œuvres d'Ignace de Loyola et l'ouvrit à la légende de *Suzanne et les vieillards...*

Il parcourut d'un regard avide les versets du livre saint et se complut à commenter les phrases naïves des séducteurs.

La pendule sonna onze heures.

Rollet se leva, descendit précipitamment l'escalier et se dirigea vers la demeure de la duchesse de Mercey.

À minuit il arriva chez sa pénitente.

Il y fut reçu froidement.

Le cas était prévu.

Rollet s'efforça de paraître vivement contrarié, et, allant lui-même au-devant des questions qui pouvaient lui être faites:

— Ma belle amie, dit-il, la vie a des exigences.

Il suffit de marcher vers le bonheur pour que mille obstacles se dressent sous les pas.

Heureusement que rien ne peut m'arrêter pour venir jusqu'à vous et que le plaisir de vous voir me fait oublier ma peine.

Je suis haletant comme un échappé de l'enfer ; c'est à vous de m'ouvrir le ciel, ma jolie duchesse.

Séduite par la douce voix de Rollet, Mme de Mercey ne voulut pas, toutefois, lui accorder si facilement le pardon qu'il demandait.

— Il est minuit, dit-elle, et je vous attends depuis bien longtemps.

— Oh ! ne me parlez pas de ce fatal retard, interrompit l'abbé, ne songeons qu'au bonheur de nous revoir.

Seriez-vous si cruelle, que le récit des tourments que j'ai éprouvés ce soir ne touche votre cœur ?

Que tu es belle, duchesse, et que je me sens ravi auprès de toi !

Quand viendra le jour où nous pourrons fuir cette grande ville pour nous retirer seuls dans quelque coin bien ignoré où nous n'aurons à rendre compte qu'à nous de notre amour, de notre joie ?

Tiens, amie, jamais homme n'a éprouvé ce que j'éprouve ; jamais femme n'a été aimée comme tu l'es.

Nous étions faits l'un pour l'autre ; nés aux pôles opposés, nous nous serions rencontrés tôt ou tard.

Je te le répète: ne songeons qu'à notre amour.

M'aimes-tu ?

— Oui, soupira la duchesse, fascinée.

XXVIII

LE MACHIAVÉLISME D'ESCOBAR

Hector de Beaudréant ouvrit précipitamment la lettre de César Rollet.

Elle ne contenait que ces quelques mots :

« Mon cher Hector,

« J'ai vu Mᵐᵉ la comtesse de Beaudréant. Je l'ai d'abord pré-
« parée à tout entendre, puis, dans notre intérêt, je lui ai tout
« dit.

« Elle m'a fait meilleur accueil que je n'osais l'espérer.

« La lettre qu'elle t'écrit, sous mon inspiration, te fera con-
« naître ses intentions.

« Aie bon espoir, ami, *sans cependant trop espérer.*

                        « Que Dieu nous garde!

                                « ROLLET. »

Cette lettre, qui ne disait rien et laissait cependant tout espoir à Hector, lui sembla d'un heureux présage.

Il se hâta de briser le cachet aux armes de Beaudréant, qui scel-lait la missive de la comtesse.

Puis, d'instinct, il hésita un instant avant d'achever l'ouverture du pli et d'en prendre connaissance.

Il éprouvait une émotion étrange, indéfinissable ; une sorte de combat intime se livrait en lui ; il était sous l'empire des impres-sions les plus opposées.

La joie et l'espérance combattaient la crainte que lui inspirait le doute dans lequel il était encore plongé.

Du contenu de cette lettre dépendait son bonheur ; ce que lui écrivait Rollet lui donnait presque confiance, mais cependant il redoutait que la réponse de sa mère ne fût fatale à son amour.

Il hésita donc un instant ; puis, prenant courageusement son parti, il se décida à lire.

La lettre de la comtesse à son fils était ainsi conçue :

« Mon cher enfant,

« J'ai bien regretté que tu aies dû partir sans venir recevoir « mon baiser maternel, mais j'ai vu notre bon ami Rollet, et je « comprends, depuis qu'il m'a instruite de tout, pourquoi tu t'es « tant hâté de me quitter et de fuir Paris.

« Tu as agi sagement en t'éloignant ; car tu sais que mon cœur « n'est heureux ou triste que par le tien, mon cher et bien-aimé « fils.

« J'approuve donc ta conduite, et ne désire rien tant que de « t'aider dans ce que tu accompliras dans l'avenir.

« Mais je désire que tu n'agisses jamais, lorsqu'il s'agit de « prendre une décision importante, sans prendre avis de notre « meilleur ami, l'abbé Rollet, et aussi un peu de ma sollicitude et « de ma tendresse maternelle.

« Je te félicite d'avoir choisi pour lieu de retraite la terre du « baron de Kermalec ; c'est un homme qui t'aime.

« Dis-lui bien combien son souvenir est resté dans ma mémoire ; « enfant, il était aimable et pieux ; homme, il doit avoir acquis, « par le développement de ses qualités, une grande noblesse de « caractère.

« Rollet m'affirme qu'au séminaire il passait pour avoir l'esprit « le plus droit et le jugement le plus sûr qui se puissent rencontrer « chez un jeune homme.

« J'ai donc en lui la plus entière confiance, et je t'engage à « prendre conseil de lui au sujet des motifs graves qui ont déter- « miné ton départ.

« Fais-moi savoir le résultat de vos entretiens. Je t'embrasse, « mon cher et bien-aimé fils, avec mille bonnes caresses.

                                        « Ta mère,
                                « COMTESSE DE BEAUDRÉANT. »

Lorsqu'il eut achevé cette lecture, Hector releva la tête avec surprise ; il réfléchit un moment, puis, comme pour s'assurer d'un fait dont il doutait encore, il recommença à lire la lettre de sa mère, phrase par phrase, ligne par ligne, mot par mot.

A mesure qu'il achevait de la parcourir, son front se plissait, son visage subissait l'impression de la terrible inquiétude qui remplissait son âme.

Quand il eut achevé, il saisit convulsivement la lettre de Rollet et l'étudia à son tour avec la même avidité.

Puis, ses bras retombèrent avec découragement, il hocha la tête avec douleur, et son front pâli se couvrit d'une sueur froide.

Dans aucune des deux lettres le nom de Siona n'était prononcé.

- - - - - - - -

XXIX

LE PACTE DE MISÈRE

A la huitième heure du matin, Siona dormait encore.

Malgré leurs besoins incessants, le père Knauss et Siméon n'étaient pas à leur *tour*, dont le bruit eût pu réveiller la belle endormie.

La mère était sortie de très-grand matin pour préparer le déjeuner.

Siméon pensa bien faire en réveillant sa sœur dont le sommeil se prolongeait outre mesure.

Il écarta doucement le rideau de l'alcôve.

La poitrine de Siona se souleva fiévreusement.

Ses lèvres avaient des mouvements convulsifs.

Les draps blancs de la couche étaient comme écartés.

Les bras de la jolie Juive enlaçaient le livre du jésuite.

Siméon resta interdit : quel était ce livre ? et comment se trouvait-il dans le lit de Siona ?

Le père Knauss s'aperçut de l'étonnement de son fils.

Il approcha à son tour et, sans dire un mot, il prit le livre.

Siona ouvrit les yeux.

— Père, dit-elle de sa plus douce voix, en ramenant les draps sur sa poitrine par un instinctif mouvement de pudeur, embrasse-moi, père... quelle heure est-il ?

— Huit heures, répondit le père Knauss en se penchant vers sa fille.

— Il est tard, dit Siona en souriant.

Pardon, père, je suis si fatiguée... et... Ah ! mon livre.

— Quel livre ? dit Siméon.

— Mon livre... mon livre... le livre... de... où est-il... mon Dieu ! où est-il ?

— Le voici, murmura le père Knauss.

Siona se leva brusquement.

— Je veux mon livre, s'écria-t-elle. Je le veux !...

La porte s'ouvrit.

C'était l'abbé Rollet.

Siméon laissa retomber le rideau et, par un geste expressif, imposa silence à sa sœur.

Puis se dirigeant vers le prêtre :

— Qui demandez-vous ?... lui dit-il.

— Mme Siona Knauss, s'il vous plaît ?

— Je suis son frère, monsieur.

— Ah !... Et... son père, où est-il ? C'est à lui que je voudrais parler.

— Son père ? C'est moi, dit le vieux Knauss.

S'approchant du vieillard, l'abbé Rollet s'inclina en signe de respect.

— J'ai à vous entretenir, dit-il, d'une affaire très-grave. Pouvons-nous être seuls un instant ?

Siméon comprit qu'il était indiscret.

Mais cette apparition d'un prêtre dans une maison d'israélites troubla l'esprit du jeune homme.

Il eut comme un mauvais pressentiment.

Il hésitait, lorsqu'un regard de son père soumit sa volonté.

Il obéit.

— Je viens vous parler de Siona, dit Rollet, et de vous aussi.

Si vous pouvez m'accorder un instant d'entretien, je crois que vous ne serez pas fâché de ma visite.

D'abord, pour vous mettre à votre aise, il est bon que je me dépouille du caractère dont je suis investi.

Ce n'est pas un prêtre que vous voyez devant vous, c'est un ami qui vient sécher vos larmes et soulager votre misère.

— Que voulez-vous dire?

— Je sais tout ce que vous devez souffrir et permettez-moi de vous parler franchement.

— Monsieur, je suis vraiment honteux...

— Honteux, de quoi? honteux, de qui? de votre misère?

— Vous êtes bon!

— Il ne s'agit pas de ma bonté; il s'agit de vos douleurs.

Je vais droit au but :

Vous avez dans votre maison une jeune fille à qui l'avenir réserve peut-être de grandes choses et qui doit faire la joie de votre vieillesse.

Je suis venu pour vous avertir et vous montrer l'énormité du crime dont vous vous rendriez coupable si vous laissiez la misère faucher la fleur que le ciel vous a donnée.

— Hélas! que puis-je, monsieur, contre le destin?

Je travaille de l'aube à la nuit. Mon fils, qui est robuste, travaille encore plus que moi.

Cela ne peut nous suffire.

— Il faut sortir de la position affreuse dans laquelle vous vous trouvez.

— Comment?

— Je veux dire qu'il faut à tout prix sauver votre enfant.

— Qui m'en donnera les moyens?

— Moi.

— Vous?

— Oui, moi.

Je connais Siona...

— En ?!, je me souviens, chez la comtesse de Beaudréant...

— ? ... ...ent... Veillez à ce qu'elle n'y retourne jamais.

Il y ... un jeune homme, le fils de la comtesse, qu'elle ne doit plus voir...

Il vous faut sauver Siona, vous tirer de la misère dans laquelle vous vous débattez, et c'est moi qui ferai tout cela.

— Je ne puis croire à tant de générosité.

Vous nous connaissez à peine. Je ne vous ai jamais vu.

En vérité, monsieur, quelque brillantes que soient vos propositions et quelque affreuse que soit ma misère, je ne puis et ne dois pas accepter.

Croyez à toute ma reconnaissance, mais...

— Mais vous préférez la misère, un faux orgueil vous égare...

L'abbé Rollet s'interrompit.

Un mouvement du rideau avait attiré ses regards.

Dans l'ombre, il avait reconnu Siona.

Siona qui, haletante, les yeux en feu, aspirait, pour ainsi dire, les moindres paroles de son maître.

Ce dernier changea de ton.

Il parla avec autorité.

La présence de Siona le rendait fort.

Il méditait déjà les moyens de faire intervenir la Juive dans le débat.

Il reprit :

— Infortuné père! vous voulez faire le malheur de votre vie et le malheur de celle que Dieu vous a donnée belle et aimante.

Vous refusez ma protection ?

— Monsieur, je ne puis.

— Songez à celle dont vous avez charge.

Songez à votre femme que la vieillesse accable.

Songez-y bien, car demain peut-être les bras vous manqueront pour travailler.

Et alors, dites-le-moi, que deviendrez-vous, que deviendront-elles ?

— C'est vrai !

La porte s'ouvrit, c'était l'abbé Rollet.

— Que répondrez-vous, lorsqu'elles vous demanderont du pain ?

— Oh ! c'est affreux à penser !

— Oui, affreux.

— Que faire, mon Dieu ?

— Que faire ? Je vais vous le dire :

Il faut renoncer à un labeur infructueux.

Je me charge de vous procurer une petite industrie lucrative qui ne vous donnera ni fatigue ni ennuis.

Je connais un libraire pour lequel vous placerez des livres.

Ce travail, vous le voyez, est peu fatigant. Il pourra vous rapporter jusqu'à six francs par jour.

— Mais c'est une fortune, cela.

— Ne m'interrompez pas.

Votre fils Siméon, dont la santé est robuste, m'avez-vous dit, fera le même travail, pour le même libraire, non pas à Paris, mais en province.

De cette manière, pensait le prêtre, le frère sera éloigné.

— Ainsi Siméon, reprit-il, s'absentera souvent, mais reviendra chaque année avec un millier de francs au moins d'économies.

— Vous me comblez de joie, monsieur.

— Attendez encore !

Votre femme tiendra dans Paris... ou... ailleurs... un dépôt de ces mêmes livres.

Les appointements seront fixés d'avance...

Vous voyez que j'ai tout prévu.

— Et Siona ? reprit le père Knauss.

— J'ai confiance en son talent, je crois en son avenir.

J'en ferai une artiste.

— Une chanteuse ?

— Oui. Ce mot vous étonne dans la bouche d'un prêtre ! je puis cependant le prononcer en toute conscience.

La vocation artistique n'est-elle pas une vocation comme tant d'autres ?

— Oui... mais...

— Je vous comprends, noble cœur de père, vous craignez pour votre fille cette pente fatale où roulent toutes celles qui veulent se faire un nom sur la scène française.

J'ai tout prévu : je connais quelqu'un qui la maintiendra dans le devoir malgré tout.

— Serait-il possible ?

— Avez-vous confiance en moi ?

— Mon Dieu! je veux vous croire.

— Je vous le jure, Siona sera aussi pure qu'elle sera grande par le talent.

Je répondrai d'elle du jour où elle sera chrétienne.

— Qu'avez-vous dit? exclama le père Knauss.

— J'ai dit que Siona sera heureuse et riche, et que je répondrai d'elle du jour où elle sera chrétienne.

— Siona, chrétienne?

— Pourquoi non?

— C'est impossible.

— Pourquoi?

— Parce que... parce qu'elle est Juive et que...

— Mais quand donc comprendrez-vous vos intérêts?

Qu'ont fait pour vous vos coreligionnaires?

Rien! absolument rien!

Se sont-ils jamais émus de votre misère?

Quand je me suis présenté à vous, moi, ministre de Dieu, me suis-je inquiété de votre foi?

Est-ce que je vous demande de m'ouvrir votre âme?

Non.

Je ne vois que votre misère et je veux la soulager.

C'est là la religion que vous condamnez?

Je plains la vôtre, si elle vous ordonne de ne pas ouvrir les yeux à la vraie lumière, de fermer vos oreilles aux conseils d'un ami.

Si je veux la conversion de Siona, croyez-vous que ce soit pour compter une chrétienne de plus? non; c'est parce que le bonheur de Siona et le vôtre sont subordonnés à cette condition.

C'est parce que je veux Siona heureuse et riche, que je viens vous parler de conversion.

— Elle sera heureuse, dites-vous?

— Heureuse et riche!

— Mais elle ne voudra pas abandonner sa foi.

— Soyez tranquille, je n'irai jamais contre sa volonté.

Ainsi, c'est convenu.

Demain, dès demain, je vous présenterai au libraire qui doit vous occuper.

Voici désormais votre position assurée.

Quant à Siona, je m'en charge. Il me suffit pour l'instant de votre consentement.

Puis-je y compter?

— Il le faut bien.

— Et moi, je m'y oppose! s'écria Siméon, en se présentant tout à coup, les bras croisés sur sa poitrine, le front haut, le regard menaçant.

XXX

GUERRE OUVERTE

La première émotion passée, le prêtre reprit son sang-froid.

S'adressant à Siméon avec humilité :

— Dans notre religion, nous apprenons aux fils à obéir à leur père, et si nous ne les punissons pas de leur révolte, nous savons les en blâmer.

— Dans notre religion, répondit Siméon avec hauteur, nous n'admettons pas qu'un homme, un étranger, puisse venir impunément troubler la paix des familles, et c'est ce que vous faites, monsieur.

Si nous ne les punissons pas au nom d'un verset de la Bible, nous les chassons du moins au nom de notre dignité et de notre honneur outragé.

Et Siméon, pourpre d'indignation, indiqua de la main la porte au jésuite.

Le père Knauss se plaça entre ces deux hommes, et, d'un geste, imposa silence à son fils.

— Que Dieu lui pardonne, dit Rollet, en maîtrisant sa colère.

Il ne voit pas, le malheureux, que je lui apporte le bonheur.

— Le bonheur ! dites plutôt le malheur.

Et, au fait, que venez-vous faire ici ?

Qui vous a appelé ?

Vous voulez, dites-vous, secourir notre misère, et vous commencez par tenter la conversion de ma pauvre sœur qu'un fatal destin a mise sur vos pas !...

C'est bien mal débuter pour un homme aussi habile que vous paraissez l'être.

Et qui vous dit, monsieur, que nous soyons disposés à accepter vos bienfaits ?

De quel droit venez-vous nous faire l'aumône ?...

Nous sommes des travailleurs et non des mendiants, et tant que nos bras seront forts et robustes, la famille aura du pain.

— Mais, mon ami, qui vous a parlé de conversion forcée ?

J'avais pu espérer, en retour de mes bienfaits, ramener une brebis au bercail ; mais du moment que vous vous montrez si intraitable, ne parlons plus de conversion et veuillez toujours m'agréer pour votre ami.

Rollet avait prononcé ces paroles de manière à être entendu de Siona.

Il continua :

— Une chrétienne de plus ne changera pas le cours des choses.

Ce que je veux est juste, et vous ne pouvez m'empêcher de l'accomplir.

Je veux vous donner les moyens, les simples moyens de vivre honorablement par votre travail. A vous d'accepter ou de refuser.

— M. l'abbé a raison, dit le père Knauss.

— Que vous ai-je offert ? un travail sûr, lucratif et honnête.

— C'est vrai.

— Une position honorable à chacun de vous, pesée à la mesure de ses forces et de son goût.

— C'est encore vrai.

— Quant à Siona, elle prononcera elle-même,

Je m'engage à ne rien faire pour contraindre sa volonté,

— Ah ! vous ne ferez rien ! vous n'avez rien fait pour cela encore, n'est-ce pas ? interrompit Siméon avec un sourire amèrement ironique.

— Je crois n'avoir rien fait.

— C'est donc le hasard qui a fait tomber ce livre dans les mains de Siona ?

— Quel livre ?

— C'est vrai, objecta le père Knauss, qui peut avoir remis la *Vie de sainte Thérèse* à ma fille ?

— Moi, répondit simplement Rollet, craignant de plus en plus de voir s'ébranler l'édifice de ses combinaisons infernales.

C'est moi, dit-il, eh bien ! après ?

Allons droit au but et nommons les choses par leur nom : je n'ai pas l'habitude de feindre, et ne vois pas pourquoi je tairais la vérité.

Oui, c'est moi qui ai remis hier ce livre à Siona, et c'est ce livre qui vous a rendu une fille soumise, respectueuse, lorsque vous aviez laissé s'enfuir de chez vous une enfant désespérée, insensée !

Oui, insensée ! Je sais tout.

Avez-vous encore le droit d'appeler votre sœur, celle qui volontairement vous a abandonné hier ?

N'ai-je pas le droit d'appeler ma fille celle que j'ai ramenée dans le droit chemin, et que j'ai sauvée du suicide ?

— Sauvée du suicide ! fit le père Knauss avec effroi.

— Oui, reprit Rollet.

Hier elle voulait se tuer, et je me suis trouvé devant elle pour l'empêcher d'accomplir ce funeste dessein.

C'est par elle que j'ai appris votre misère, c'est par elle que je veux vous sauver.

— Une voix me dit, repartit Siméon, que je ne dois pas croire à toutes vos belles paroles.

Les tableaux que vous peignez si habilement ne me touchent guère.

J'ignore votre but, je n'ai ni la force ni l'habileté d'en approfondir le mystère ; mais je vois très-bien, au delà de cette mise en scène, l'échafaudage d'une affreuse machination.

Laissez-nous avec notre misère que vous faites plus grande qu'elle n'est.

Laissez-nous, vous dis-je...

L'abbé Rollet avait affaire à forte partie ; mais il ne voulait ni ne pouvait s'avouer vaincu.

Le silence du père lui fut d'un heureux augure.

C'est à lui qu'il s'adressa :

— Monsieur, lui dit-il, il fallait me dire tout d'abord que vous n'étiez pas le maître chez vous ; peut-être aurais-je pu faire comprendre à votre fils la sainteté de ma mission et la gravité de mon caractère.

Apprenez-lui donc que tout ce que je vous ai dit est vrai, et qu'il se laisse aveugler par un fol orgueil.

— Mon fils, dit le père Knauss, vous vous trompez.

Cet homme, ce prêtre, est notre ami, ayez confiance.

— Mon temps est précieux, se hâta de dire Rollet, choisissez : ou restez avec votre misère désormais méritée, ou écoutez ma voix.

Chassez-moi, ou recevez-moi en ami.

Si je reste, demain vous serez heureux, vous serez dans l'aisance ; si je sors, vous resterez pauvres, vous serez malheureux, et Siona gardera sa lourde robe de misère : artiste, elle aura pour lot l'impuissance et l'obscurité.

Choisissez !

Le père Knauss ne songeait qu'à sa fille.

— Restez, dit-il... Dieu le veut.

Si sa volonté est telle, ma fille sera chrétienne.

— Et moi je ne le veux pas ! exclama Siméon pâle de fureur.

— Et moi je le veux ! s'écria Siona en se jetant tout en pleurs aux genoux du prêtre.

XXXI

LA LOI DE MOISE

Ce fut comme un coup de foudre.

Siméon baissa la tête; il était accablé.

L'abbé Rollet triomphait.

Siona, presque folle, s'abandonnait au prêtre, le laissant ainsi l'arbitre de son destin, le seul juge de sa vocation, le seul maître de sa vie.

Siméon ne voulut pas supporter l'humiliation de sa défaite.

Il résolut de quitter la maison paternelle, se déchargeant ainsi de toute responsabilité.

— Mon père, dit-il très-respectueusement, je n'aurais pas dû lutter contre votre volonté. Je me repens.

Je ne puis cependant assister de sang-froid à l'accomplissement d'un tel rêve.

Vous serez riches, vous serez heureux.

Permettez-moi de fuir cette richesse, ce bonheur.

Peut-être suis-je aveuglé; peut-être ne vois-je pas ce qui se passe autour de moi; en attendant d'être éclairé, je m'éloigne.

Je reste votre fils dévoué, mais je ne suis plus le frère de Siona, mais je ne suis pas le frère de celle qui a abjuré sa croyance.

Je ne suis plus le frère de celle qui renie son Dieu!

Puis, par une réaction naturelle, réaction qui suit toujours les grandes colères des esprits fortement trempés, un attendrissement subit amollit son cœur.

Il se reprocha intimement la violence de l'anathème qu'il venait de lancer à cette sœur bien-aimée; cette sœur qui, après ses vieux parents, était toute sa joie, toute sa vie.

Ce fut comme un coup de foudre. Siméon baissa la tête,

Au moment de franchir, pour la dernière fois, le seuil de cette
maison où l'enfance naïve et pure de Siona lui avait souri, il eut
peur.

Il eut peur, non de l'isolement où il allait se trouver, mais
du vide que laisserait au foyer paternel le départ du fils aîné,

du bras fort auquel le Seigneur avait confié la défense de la famille.

Il se demanda si, quelque faute que commette cette famille, il n'était pas de son devoir de rester à son poste d'honneur.

Mais sa fierté se révolta à l'idée de subir le mépris de ses coreligionnaires.

Alors, la colère redevint victorieuse de son cœur.

Mais c'est contre le prêtre tentateur, le ravisseur audacieux qui brisait ainsi toutes les espérances de sa vie, que sa haine se tourna.

Désormais, entre lui et le jésuite, la lutte était engagée, lutte terrible, lutte à mort.

D'un côté, la conscience du droit et la force de l'amour fraternel.

De l'autre, l'astuce et l'audace, combattant avec la rage de l'amour physique le plus violent.

Siméon, parvenu au seuil de la chambre, se retourna :

— Sois chrétienne, Siona, et oublie qu'un instant je t'ai pu maudire.

Sois chrétienne malgré moi, mais ne le sois pas malgré ta conscience.

Ecoute donc ceci :

Il est une ville que le monde révèt du titre glorieux de ville éternelle.

Elle a nom Rome, elle est le siège de la nouvelle religion.

Tout catholique est soumis à ses décrets : chrétienne tu devras y obéir.

Veux-tu être la servante des lois de Rome ?

— Je le veux, répondit Siona étonnée.

— Ecoute donc ce que dit un de ses commandements :

« *Aucun israélite ne pourra entretenir de relation d'amitié avec* « *un chrétien* (1). »

Ce n'est donc pas moi qui te repousse, sœur, c'est ta religion nouvelle qui nous sépare.

_____

(1) Art. 5 de la loi sur les Juifs, actuellement observée à Rome.

Ton sang n'est plus mon sang!

Ecoute encore.

Moïse a dit :

« Si l'inondation a ravagé le champ de ton ennemi, tu lui dois « la dîme sur le produit du tien, parce que le Seigneur a permis « que le tien soit épargné.

« Si le troupeau de ton ennemi est altéré, tu lui dois la moitié « de l'eau que le Seigneur fait couler de ta source. »

— Eh bien ? fit Rollet impatienté.

— Eh bien, Siona, continua Siméon avec calme et sans répondre au jésuite, voici la loi de Rome:

« Tout médecin catholique, appelé par un juif, devra d'abord le « convertir.

« Si le malade s'y refuse, il l'abandonnera sans secours.

« En agissant contre cet arrêt, le médecin s'exposera à toute la rigueur du Saint-Office (1). »

— Vous oubliez, interrompit vivement Rollet, que nous sommes en France, et qu'en France, tous les cultes sont libres et égaux devant la loi.

— Je ne l'oublie pas, monsieur, et je suis fier et heureux, au contraire, de m'en souvenir.

C'est au nom même de cette liberté que, tout à l'heure, je vous demandais compte de vos tentatives de conversion.

C'est en l'interprétant comme vous que je cherche à ramener ma sœur à ce que je crois être la vérité.

Puis Siméon ajouta :

— Siona, seras-tu chrétienne?

— Je le suis, répondit-elle avec une exaltation étrange, en saisissant de sa main droite la main de Rollet, pendant que de l'autre elle comprimait les battements de son cœur.

— La volonté du Très-Haut soit accomplie, dit Siméon.

Si le Seigneur m'éprouve ainsi, c'est que mon âme a faibli.

Il me retire des miens, parce que je suis son serviteur indigne.

Gloire à sa toute-puissance et à sa justice impénétrable!

(1) Art. 7 de la loi précitée.

Puis, rapidement et sans détourner la tête, il sortit, tenant en main son bâton de voyage.

———

XXXII

LA VOLONTÉ DE ROBOAM KNAUSS

Le père Knauss regarda tristement son fils s'éloigner, sans avoir la force de prononcer une parole.

Siona tenait toujours dans sa main la main du jésuite.

Elle semblait n'avoir point conscience du départ de son frère.

Rollet, qui ne se laissait pas éblouir par la victoire, songeait maintenant à atténuer l'effet de la scène qui venait d'avoir lieu.

— Votre fils, dit-il au père Knauss, est un grand cœur, et vous devez être fier d'avoir une telle famille.

Ne vous alarmez pas.

Je comprends l'impression pénible qu'a dû produire sur son esprit la nouvelle de cette soudaine conversion; mais, croyez-moi, c'est l'affaire de quelques jours.

— Il est parti... lui aussi! murmura le père Knauss.

— Parti pour quelques jours, reprit le prêtre; s'il vous aime, il reviendra.

Occupons-nous, sans plus tarder, de régler votre nouvelle position, ainsi que celle de votre fille.

D'abord...

La porte s'ouvrit.

La mère de Siona parut.

La présence d'un prêtre dans sa maison l'effraya.

L'abbé Rollet s'inclina humblement devant la pauvre femme.

— Madame, dit-il, vous arrivez à propos pour entendre de bien douces choses.

Figurez-vous que, pendant votre absence, la fortune est venue vous visiter.

Là, asseyez-vous auprès de votre fille... Bien... vous êtes étonnée, n'est-il pas vrai, de ne pas voir votre mari attelé à son pénible labeur?

Je laisse à votre époux le soin de vous expliquer le brusque changement qui va s'opérer dans votre existence.

Des soins plus graves me réclament.

Je reviendrai bientôt.

Venez, Siona... venez, mon enfant... N'est-il pas vrai que tout ceci vous rend heureuse?

— Oui, très-heureuse, murmura Siona avec enthousiasme.

Et, sans hésiter, elle suivit le prêtre.

Ils sortirent.

La mère Knauss interrogea son mari.

— Explique-moi, dit-elle, ce que signifie...

— Vois-tu, répondit le vieillard, jamais je ne pourrais te faire comprendre tout ce qui vient d'avoir lieu, car j'ai l'âme oppressée.

J'ai la tête en feu, la conscience bouleversée.

Tout ce que je puis te dire, c'est que si l'homme qui sort d'ici n'est pas un démon, c'est un ange, un sauveur!

Si je ne suis pas fou, c'est que ma raison est puissante, car mon cœur de père, d'israélite et d'époux aurait dû éclater mille fois en entendant ce que je viens d'entendre, en voyant ce que j'ai vu.

— Tu me fais peur.

Dis-moi tout, je t'en supplie, qu'y a-t-il?

— Il y a que Siona n'est plus juive.

— Que dis-tu?

— Elle va se faire chrétienne.

— Malheur à nous!... Tu m'effraies...

— Oh! ne recommence pas les absurdes lamentations de mon fils Siméon.

Je ne pourrais les supporter.

Vois-tu, à cette heure, je ne crois plus ni à Dieu, ni au diable...

Je suis fatigué de ma croyance, et je la sacrifie volontiers à l'espérance qui paraît vouloir entrer dans mon âme.

Il s'agit du bonheur de notre fille, je ne veux plus être l'esclave de sots préjugés.

Que Siona soit chrétienne ou juive, il m'importe peu désormais.

Qu'elle soit heureuse, c'est tout ce qu'il me faut.

Je n'ai rien fait pour la forcer, pour l'engager à quitter sa religion.

C'est d'elle-même qu'elle se livre à la foi du Christ.

Elle ne souffrira pas plus qu'elle souffrait. J'y suis décidé, je la laisse libre.

Que la volonté de Dieu s'accomplisse.

— Quel Dieu ?

— De Dieu, de celui qui nous a légué une vie insupportable; qui, après nous avoir donné Siona, un trésor de beauté et de bonté, s'acharne à nous envelopper de la plus hideuse des misères.

Je suis père avant tout.

— Je ne consentirai jamais au baptême de Siona.

— Moi non plus, je l'ai laissée libre. Voilà tout.

— Mais tu es un grand coupable.

— Je suis coupable parce que je veux sauver mon enfant? Allons donc !

Je lui laisse, te dis-je, toute sa liberté d'action.

— Tu es le maître, mon ami; mais où est Siona?

— Elle est avec le prêtre. Elle est... ne parlons plus de cela; n'as-tu plus confiance en elle?

Nous verrons bien si les promesses qui nous ont été faites nous seront tenues.

Siméon est parti.

C'est que notre maison lui paraissait trop petite et qu'il cherchait une occasion de nous quitter.

Un fils ingrat doit-il longtemps nous occuper?

Notre porte lui est ouverte.

S'il ne revient pas, c'est qu'il ne nous aime plus.

— Siméon est parti... lui aussi?

— Brisons là, te dis-je, j'ai faim... j'ai soif, apprête le déjeuner.

La pauvre femme obéit.

Elle avait trop de confiance en son mari pour ne pas se reposer entièrement sur lui.

Ses souffrances continuelles avaient altéré son jugement.

Si elle s'était révoltée à l'idée de voir sa fille se faire chrétienne, elle n'avait pas tardé à se rendre aux objections du père Knauss.

Elle apprêta le frugal repas du matin, sans oser adresser une question, sans se permettre la moindre observation.

XXXIII

L'EAU BAPTISMALE

Simple vicaire, l'abbé Rollet avait cueilli la fortune sur les lèvres mêmes de la duchesse de Mercey, qui, veuve de bonne heure, possédait un patrimoine important.

L'abbé avait donc trouvé, avec les bénéfices d'un amour passionné, les bénéfices, plus importants pour lui, d'une grande bourse toujours ouverte.

Il puisait à larges mains dans le coffre de sa jolie duchesse et payait sa dette en caresses.

Du reste, la fortune ne venant jamais seule, lui, le prêtre ignoré, avait vu, le jour même de l'accomplissement de son rêve, les commandes de sermons arriver de tous côtés, les riches pénitents accourir à son confessionnal.

La duchesse de Mercœy avait un frère adultérin que le commerce des livres avait enrichi.

Son établissement employait plus de mille courtiers répartis aux quatre coins du monde.

Rollet savait qu'à la requête de sa sœur, le frère ne saurait refuser l'introduction, dans sa compagnie, de courtiers de la famille Knauss.

Il avait dit vrai, non-seulement en promettant à ces pauvres gens une position assurée, mais encore en fixant le chiffre de leurs bénéfices.

Sa petite combinaison pouvait recevoir presque immédiatement sa complète application.

Il suffisait de vouloir.

L'abbé Rollet en était tellement sûr qu'il ne crut pas devoir se hâter.

Il conduisit Siona chez lui en se bornant, pendant la route, à lui parler de Dieu, de la Vierge et du Christ.

On ne saurait croire combien l'âme de la juive s'ouvrait complaisamment à toutes ces communications.

On ne saurait se faire une idée de l'écho que les paroles du prêtre trouvaient dans ce cœur.

Qu'on me permette ces mots : les sentiments artistiques de Siona trouvaient pour la première fois une digne pâture à leurs sensations.

Les légendes du christianisme excitaient son admiration; les paraboles de l'Évangile et le drame superbe de la passion l'exaltaient !

Pour elle, la religion chrétienne prenait une form', une forme qu'elle aimait, qu'elle revêtait, pour ainsi dire, de toutes les couleurs de son âme poétique.

Le mysticisme le plus nébuleux commençait à l'envelopper.

L'œuvre du prêtre était donc de beaucoup simplifiée.

La conversion était déjà chose faite.

Ils arrivèrent à la demeure de Rollet, n'ayant échangé que quelques paroles exaltées.

Le repas du prêtre avait été préparé. Il fit ajouter un couvert et invita Siona à prendre place à sa table.

À genoux, dit-il; ma fille, à genoux.

— Il faut éviter toute démonstration, dit Rollet en s'asseyant à côté de Siona.

Il faut éviter aussi d'ébruiter votre conversion, mon enfant.

Le baptême que vous recevrez n'est qu'une allégorie.

Vous êtes chrétienne depuis hier, depuis la minute bénie entre toutes où, fixant votre regard sur le Christ, vous vous êtes embrasée d'amour pour ce sublime crucifié.

Vous apprendrez vite les devoirs de votre nouvelle vocation.

Il suffit aujourd'hui de vous préparer à entrer dans la légion des bienheureux.

Vous êtes belle, bien belle, Siona, les anges doivent être fiers de mêler votre nom aux leurs.

La servante du prêtre apporta, un à un, les mets recherchés du repas.

Le vin empourprait les coupes.

Siona goûtait ainsi les premières douceurs de sa vie nouvelle.

Le repas terminé, Rollet attira la pauvre fille près de lui.

Siona était dans un état de surexcitation tel, que, les yeux grands ouverts, elle ne paraissait rien voir.

Son cou tendu avait l'attitude de la plus minutieuse attention, et cependant elle ne percevait aucun son.

— Siona... ma fille... dit le jésuite en lui prenant les mains, à quoi pensez-vous ?

Siona ne répondit pas.

— Mon enfant ! reprit-il en lui serrant les mains, mon enfant ! répondez-moi.

Siona resta immobile.

Rollet eut peur.

Son rêve allait-il s'évanouir ? son espoir se briser ?

— Siona répéta-t-il, Siona, un mot, un seul mot, répondez, Siona, Siona !

Même silence !

Il ne fallait pas perdre une minute.

— Ma fille, dit Rollet à Siona, l'heure approche.

Recueillez-vous. Vous allez être chrétienne.

L'eau du baptême va couler sur votre front.

Songez à l'acte suprême qui va s'accomplir.

Vous aurez tous les bonheurs que peut réclamer votre âme, toutes les joies que votre esprit a pu rêver.

Que vous serez fière, Siona, quand ces paroles frapperont vos oreilles :

« Voyez-vous cette belle enfant qui passe, c'est Siona, la juive d'hier, la chrétienne d'aujourd'hui.

« Voyez-vous ce regard divin, c'est celui d'une grande artiste, d'une âme inspirée. »

En disant ces mots, Rollet avait revêtu l'aube et l'étole.

Alors, il tendit les mains à Siona et la conduisit devant le Christ.

— « A genoux, dit-il, ma fille!... à genoux!... »

Siona s'affaissa prosternée.

Elle n'existait plus.

Elle agissait, elle ne pensait plus que par l'esprit du prêtre.

L'eau froide du baptême roulant en gouttelettes d'argent sur sa magnifique chevelure parut lui rendre la raison.

Elle ouvrit les yeux, elle étendit les bras... ses lèvres eurent un frémissement.

Un cri sortit de sa poitrine.

Ce fut comme l'éclat d'un cœur qui se brise.

Siona avait éprouvé une commotion terrible en apercevant, dans un éclair, l'immense changement qui venait de s'opérer en elle.

Le remords effleura son âme; les voix de son père, de sa mère, de tous les siens; parurent l'accuser et la maudire.

Et cependant elle restait sans voix.

Elle sentit dans sa mystique imagination une main puissante s'emparer d'elle.

Elle recula effrayée.

L'impression qu'elle en éprouva fut telle que ses jambes faiblirent sous un tremblement nerveux.

Siona serait tombée sur le parquet, anéantie, si les bras de Rollet n'avaient été là pour la soutenir.

Quel pinceau pourrait fixer sur la toile le tableau effrayant dont la chambre du prêtre était le cadre :

Siona évanouie... évanouie dans les bras mêmes de celui qui venait de la faire chrétienne!...

Rollet l'entourait de ses bras, la soutenait sur sa poitrine.

Il admirait, dans une extase indescriptible, tous les trésors de beauté que la nature avait répandus sur sa victime.

Siona étouffait, sa respiration ressemblait à un râle, son regard était éteint, sa bouche blême.

Rollet n'en était pas épouvanté!

Peut-être l'aurait-il préférée morte pour pouvoir impunément se livrer à toutes les extravagances de la passion!

Il l'admirait, tandis qu'elle se tordait dans les convulsions les plus épouvantables.

Il souriait, tandis que de grosses larmes perlaient aux cils noirs de la pauvre enfant.

Cet homme était parvenu à se rendre tellement maître de lui-même, que rien au monde n'aurait pu le détourner de la route infâme qu'il s'était tracée.

Siona était chrétienne.

Il s'était dit que le cœur de l'amant ne devait s'ouvrir qu'après l'accomplissement de ce grand acte.

Désormais Siona ne pouvait plus lui échapper.

Qui le sait? peut-être était-ce chez cet homme un raffinement de cruelle volupté qui le faisait encore éloigner l'instant terrible de la réalisation de son crime.

XXXIV

EXTASE

Siona revint peu à peu à elle.

Comme il arrive à l'enfant, qui porte ses lèvres à une coupe pour la première fois, sa raison s'égarait dans de douces ivresses, dans de suaves contemplations.

Le rêve amenait d'autres rêves, le désir d'autres désirs; l'horizon s'agrandissait toujours et sa rêverie allait au delà du monde possible.

Démon tentateur, Rollet murmurait doucement à son oreille ces phrases ambiguës aux périodes redondantes, qui étonnent les esprits neufs.

Il lui parlait, avec l'ardeur d'un amant et l'onctuosité d'un Jésuite, du monde chimérique que créait l'imagination de la chrétienne.

En sorte que ce qui n'était hier qu'une vague rêverie prenait pour elle aujourd'hui la forme matérielle d'une réalité.

Les paraboles les plus saintes de l'Évangile, les récits les plus naïfs de la Bible, prenaient dans la bouche du prêtre une forme séduisante.

Et chaque fois que l'attention de la victime s'attachait captive au récit séducteur, lui, implacablement, employait toutes les ressources de son intelligence à déchirer le voile religieux sous lequel s'abritait sans cesse son discours, juste à l'endroit où devait éclater le mot magique : *Amour.*

Siona, oubliant presque les chaînes matérielles de sa nouvelle existence, employait toutes ses facultés, tout son esprit, toutes ses sensations, à découvrir le sens de ce mot qui déjà faisait battre son cœur.

Et la passion du prêtre devenait incommensurable.

Siona, séduite, s'abandonnait tout entière.

La fièvre agita ses nerfs, une sorte de somnolence cataleptique s'empara de son corps et de ses sens, elle retomba dans sa vision extatique de la nuit précédente et ses lèvres murmurèrent :

Amour!... amour!...

Le délire prit dans ses mains de fer le cœur de la pauvre enfant pour le conduire dans le pays des songes.

Que vit-elle?

L'amour avec tout son cortège de douces joies, d'ineffables souffrances.

Dans cet éclair d'initiation, son âme s'illumina.

Un délire plus ardent chassa bientôt cette vision mystique.

Siona était accablée.

Elle ne se sentait pas la force de se lever.

Son âme, pour ainsi dire, nageait dans un vide immense, et son regard, fixé sur une forme imaginaire, semblait dire :

« Qui me sauvera? qui m'aimera? où est celui qui me sourit dans mes songes?

Où est l'homme qui m'apparaît dans mes visions?

Quelle est cette voix qui, dans un nuage, me parle d'amour?

Où sont ces yeux si pleins de flammes?

Où sont ces lèvres qui m'attirent?

Où est ce visage aimé?...

Où est-il... celui-là qui, dans mes nuits, recueille mes sourires et pour lequel je donnerais ma vie?

Oh! si la mort peut me rapprocher de cet être, que je meure!

Qui me sauvera? qui m'aimera?... »

Siona jeta un grand cri...

Elle se leva droite sur le divan, et les yeux hagards, elle tendit les bras.

Son rêve recommençait peut-être, et cette fois elle voulait s'attacher à ce visiteur inconnu qui comprenait si bien son âme.

Elle eut un sourire angélique, un regard de bacchante enivrée.

Le prêtre retint sa respiration au risque d'étouffer.

Il craignait qu'un souffle humain effleurant le front de la malheureuse ne vînt lui rendre la raison.

Le silence était effrayant.

Les soupirs de Siona, sa respiration oppressée, ses sourires fébriles, interrompaient seuls, par instants, le calme lourd qui régnait dans la chambre.

L'extase continuait.

Siona se tordait sur le canapé et soulevait la tête comme une lionne qui bondit sous le râle de l'agonie.

Un aimant irrésistible l'attirait.

Ses mains étaient cramponnées au dossier du meuble et cependant elle avançait toujours, haletante, embrasée!

Un effort de plus, et rencontrant le vide, le front de la pauvre enfant se serait brisé sur le sol.

Le jésuite la retint et se pencha vers elle.

La pauvre fille sentit dans ses mains les mains brûlantes du prêtre; ses yeux le contemplèrent, transfiguré par ses insignes sacerdotaux.

Alors, la folie maîtrisa son cerveau...

Elle se dégagea par un effort puissant des bras de Rollet et se suspendit à son cou.

Son cœur ne battit plus... son regard s'éteignit... son beau corps épuisé retomba lourdement en entraînant César.

Ce fut une seconde sublime, épouvantable.

Un cri puissamment étouffé retentit dans la poitrine de Siona.

XXXV

LE PÈRE DES HOMMES

A l'extrémité de la rue d'Angoulême-du-Temple, adossés à la cité qui porte ce nom, tout auprès de l'immense manufacture de porcelaines de Dutertre, s'élevaient les ateliers et magasins de Jean Adam.

Jean Adam, maître tourneur, connu de ses ouvriers sous le surnom de *Père des hommes*, était le fabricant pour l'exportation chez lequel Siméon venait de s'embaucher.

C'est dans son atelier que nous introduisons nos lecteurs.

Dans une vaste salle parallélogrammatique, quinze artisans sont réunis; leurs tours, mis en mouvement par une transmission communiquant à une petite machine à vapeur située dans le sous-sol, fonctionnent avec une prestigieuse activité.

Chaque ouvrier est courbé sur son travail, et l'on n'entend que les crépitations de la machine et les bruits stridents des ciseaux entamant le bois.

Bientôt cependant des voix humaines, se cadençant à l'unisson dans une sorte de mélodie lente, viennent donner une harmonie étrange et poétique à ces bruits tout à l'heure irréguliers et inégaux.

C'est un chant populaire qui retentit, œuvre d'un auteur ignoré, ou du moins connu seulement des chanteurs de l'atelier.

La voix puissante d'un grand vieillard, à la tête fière et intelligente, aux bras robustes, à la taille un peu voûtée, donne le diapason aux voix des jeunes gens.

Ce vieillard qui, tout en chantant, travaille sans relâche, c'est maître Adam. Le jeune homme qui, près de lui, ne chante pas, et, l'œil fixé sur le travail, semble recueilli au milieu de cet entrain de tous, c'est Siméon Knauss.

Siméon, que la pensée de sa sœur bien-aimée poursuit sans cesse, et qu'une sorte de secret pressentiment accable.

Courbé sur sa roue, et sans interrompre sa chanson, le maître-tourneur ne quittait cependant pas du regard Siméon.

Tout d'un coup, la voix du vieillard se tut, et comme s'il avait pris une résolution subite, il redressa sa haute taille, rangea prestement ses outils, et se tournant vers Siméon, il l'engagea à le suivre.

Celui-ci obéit presque machinalement.

Arrivé dans un petit cabinet attenant au magasin, le vieux tourneur prit une chaise et fit asseoir près de lui son ouvrier.

— Siméon, lui dit-il, causons, le veux-tu?

Si je n'étais un vieil ami de ton père, avec lequel j'ai fait une partie de mon tour de France, de ton père, *compagnon* comme moi, mais qui est resté *compagnon* et n'a pas eu la chance de prospérer, je ne m'intéresserais pas autant à toi.

Quoique, ajouta-t-il, comme se parlant à lui-même, je n'aie guère l'habitude de rester indifférent devant mon semblable quel qu'il soit, quand je le vois souffrir.

Voyons, mon garçon, qu'as-tu? tu nourris de tristes pensées.

— Moi, fit Siméon, essayant de sourire, mais je n'ai rien, maître, je vous assure, quelques préoccupations de peu d'importance, voilà tout.

Siméon, lui dit-il, causons, le veux-tu?

— Voilà tout ? c'est bientôt dit, mais je n'en crois rien.
Si je ne te savais bon ouvrier, économe, rangé, laborieux, je ne
m'étonnerais pas, et me dirais : c'est la bamboche !
Mais tu ne vas pas au cabaret, tu ne cours pas les guinguettes
et les bals, tu ne t'offres aucun plaisir enfin.

— Précisément, répondit vivement Siméon, ce qui m'inquiète, c'est que j'ai fait dans une partie quelques petites dettes.

— Bah! ce n'est que cela, mon ami, que ne le disais-tu? je t'avancerai ce qu'il faudra pour les payer, et tout sera dit.

Nous compterons plus tard.

Mais je le vois, mon offre te trouve indifférent.

Je savais bien que ce n'était qu'une excuse; tu n'as pas fait de dettes, tu ne t'es pas amusé, car tes camarades aussi sont inquiets de te voir si désolé, et eux qui vont partout savent bien que tu ne partages pas leurs amusements.

Voyons, ce que tu as, veux-tu que je te le dise? ajouta finement le brave homme.

Eh bien, tu es amoureux, voilà!

— Amoureux, moi? répondit Siméon avec un sourire triste, oh! non, vous ne m'avez pas deviné.

— Il est possible que je me sois trompé; mais pour que tu me dises que je n'ai pas deviné, il faut qu'il y ait quelque chose.

— Eh bien, oui; je suis malheureux, mais par les miens.

— Ta sœur! fit vivement le vieil ouvrier (1).

Siméon pâlit.

— Ta pauvre sœur! dit Jean Adam, saisissant la main de Siméon dans les siennes, parle, mon enfant, dis-moi tout; j'ai de l'argent, un peu de crédit ici-bas, voyons, réponds-moi.

Siméon raconta alors au tourneur la scène qu'il avait eue avec son père et Rollet.

Il lui dit la fuite de sa sœur emmenée par le Jésuite et consentant à abjurer sa religion.

Il ajouta de quelles faveurs subites avaient été comblés ses vieux parents.

Jean Adam hocha tristement la tête.

— C'est donc pour cela, dit-il, que non-seulement tu négliges ton travail, mais encore que tu ne viens pas régulièrement à l'atelier?

(1) Aucun ouvrier, aucun homme les appréciant et connaissant leur situation sociale, ne s'étonnera de la brusquerie de cette question de Jean Adam. Au père, il eût dit: la fille! Les artisans honorables sont sans cesse sur le qui vive, car ils savent que c'est à leur porte que les recruteurs d'amour viennent souvent frapper.

— Je veille sur Siona.

— C'est bien, tu as raison ; mais comme je ne veux pas que pour cela tu perdes tes habitudes de travail, comme je tiens à ce qu'aucun de mes ouvriers ne tombe dans la misère, tu vas venir avec moi, et tu verras comme tout cela s'arrangera.

En disant cela, le maître-tourneur avait fait signe à Siméon de le suivre, et tous deux rentrèrent dans l'atelier.

A leur entrée, tous les regards se tournèrent avec inquiétude vers le patron.

Celui-ci leur répondit par un léger clignement d'yeux.

Puis, se plaçant au centre de l'atelier, du haut de l'escalier conduisant au sous-sol, il donna l'ordre au mécanicien d'arrêter momentanément la machine et de monter avec son chauffeur.

XXXVI

UNE SOCIÉTÉ SECRÈTE

Quand le travail fut arrêté, et que chacun des ouvriers, appuyé sur son établi, prêta toute son attention, Jean Adam prit la parole.

— Voyons, mes enfants, fit-il, il y a quarante ans que vous m'appelez le *Père des hommes*, et, vous le reconnaîtrez, j'ai toujours tâché de mériter ce titre dont je m'enorgueillis : il n'y a pas un compagnon qui puisse dire que sa famille a manqué de quelque chose pendant qu'il travaillait pour moi.

— C'est vrai, dit un ouvrier, nous le savons tous.

— Eh bien, si vous croyez en moi, vous allez m'en donner la preuve.

Je viens vous proposer de faire partie d'une société secrète dont je serai le chef.

Tous les visages exprimèrent l'étonnement le plus grand.

— Oui, continua Jean Adam, une société secrète, et *une crâne.*

Voilà ce que c'est :

Siméon, vous le savez tous, ne travaille plus ou presque plus ; il est quelquefois des journées entières sans paraître à l'atelier.

Comme chez lui cela ne me semblait pas naturel, j'ai voulu savoir le fin mot.

Le voici :

Siméon a une sœur, son père est vieux et hors d'état de la protéger ; or il y a une espèce de bénisseur en soutane qui veut convertir la petite, la baptiser, que sais-je, moi ?

Bref, c'est parce qu'il veille sur sa sœur que Siméon ne travaille plus.

Je me suis dit qu'il ne fallait pas qu'un brave garçon souffrît comme cela des intrigues d'un homme noir.

La sœur de notre camarade est bien un peu la nôtre, n'est-ce pas ?

Nous lui devons aide et assistance, et voici ce que je propose :

Nous sommes quinze ici ; eh bien, nous allons former une association, une société secrète, chargée de protéger Siona Knauss.

Chacun de nous, moi comme les autres, sera de service deux jours par mois, et devra suivre partout la sœur de Siméon et se faire abîmer, si besoin est, pour elle.

Un murmure d'assentiment des ouvriers accueillit ces nobles paroles.

Siméon prit avec effusion la main du *Père des hommes.*

Celui-ci continua :

— Ce n'est pas tout ; il ne serait pas juste qu'en faisant le bien la chose vous fût préjudiciable ; celui qui remplira l'office de frère auprès de la pauvre enfant sera payé double.

Cette fois, ce furent des acclamations qui répondirent à la propo-

sition de Jean Adam, et Siméon, étourdi, les yeux pleins de larmes,
baissa la tête avec confusion.

Le vieux tourneur sentit l'émotion le gagner.

— Es-tu bête! s'écria-t-il en frappant l'épaule de Siméon, est-ce
qu'il y a de quoi pleurer?

Et deux grosses larmes contenues depuis quelque temps inondèrent les paupières du brave homme.

XXXVII

ROBE NOIRE ET ROBE BLANCHE

. . . .
. . . .
. . . . (1).

Si la passion aveuglait parfois l'abbé Rollet, la réflexion froide
et compassée reprenait bien vite le dessus.

Ayant effleuré de ses lèvres le front brûlant de Siona avec un
calme effroyable, il la posa sur un fauteuil et appela sa femme de
service.

La vieille servante apparut.

— Ne quittez pas cette chambre et veillez à ce que cette enfant
ne sorte pas d'ici, lui dit Rollet.

Elle est évanouie; voyez si avec de l'eau, du vinaigre ou autre
chose, vous pourrez lui rendre l'usage de ses sens.

(1) Etc.

Je dois m'absenter une heure environ, peut-être davantage ; si elle me demande, vous lui direz que... l'heure des offices me réclamait au sanctuaire et que... je suis allé prier pour elle...

Ah ! vous lui donnerez ce livre en lui recommandant de le lire, et si je ne suis pas revenu dans une heure, ma foi ! vous la reconduirez chez elle.

— C'est cette jolie Juive que vous venez de baptiser ?

— Oui, mais ne le dites à personne, à personne... vous m'entendez bien ?

Si l'on vous adresse quelque question à ce sujet, vous répondrez que vous ne savez rien.

— Mais ce sera mentir, mon père.

— Non ! ce sera taire la vérité.

La pauvre femme ébahie fit le signe de la croix et s'approcha de Siona qui entr'ouvrait les yeux et laissait échapper un soupir.

XXXVIII

L'AMOUR EN PARTIE DOUBLE

Le révérend Père Rollet se dirigea en toute hâte vers la demeure de la duchesse de Mercœy.

Il ne la trouva pas chez elle.

La femme de chambre lui apprit que sa maîtresse était allée faire quelques visites et qu'elle ne devait revenir que dans une longue heure au moins.

L'abbé n'avait pas de temps à perdre.

Il entra dans les appartements — qui lui étaient familiers — et se faisant apporter de l'encre et du papier, il écrivit le billet suivant :

« Madame et chère amie,

« C'est pour vous parler de charité que j'ai franchi le seuil de
« votre boudoir.

« Ne vous trouvant pas, j'expose sur ce papier l'objet de ma
« visite.

« Il y a dans mon cœur, comme dans tout cœur vraiment chré-
« tien, une corde qui vibre au contact de toutes les douleurs.

« Cette sensibilité, qui est l'essence de ma nature, est parfois
« pour moi le sujet de grandes souffrances morales.

« La moindre misère est un spectacle qui me perce le cœur.

« Aussi, lorsque je suis impuissant à soulager mon semblable,
« suis-je profondément chagriné, mécontent de moi-même.

« Tel n'est pas, Dieu merci ! le cas aujourd'hui, car je connais
« votre bonté et vous pouvez tout dans le cas présent.

« J'ai vu une pauvre famille, sans pain, sans vêtements et sans
« lendemain.

« J'aurais voulu venir à son secours, mais c'est à vous, madame,
« que j'ai réservé toute la joie de ce bienfait.

« Cette famille se compose d'un père bien vieux, d'une mère
« malade et d'un fils qui a abandonné ses vieux parents dans la
« misère.

« Par votre entremise, je désirerais que *votre ami le libraire*
« employât le père à placer des livres dans Paris, et fît obtenir à la
« mère un dépôt de vente de ces mêmes livres.

« J'ai compté sur vous, et j'attends avec confiance votre
« réponse.

« J'ai hâte de vous assurer encore une fois de mon inaltérable
« dévouement.

« A Dieu, duchesse, et à bientôt, n'est-ce pas ?

« CÉSAR R. »

Or, que se passait-il chez l'abbé, tandis qu'il coordonnait ainsi,
chez la duchesse, les fils de sa machiavélique intrigue ?

La vieille femme qui avait été commise à la garde de Siona
avait cru d'abord avoir affaire à une hallucinée.

La pauvre fille n'avait ouvert la bouche que pour mêler, dans des phrases sans suite, les noms d'Israël, de Jésus, de Rollet et de Beaudréant.

La servante, qui était peu rassurée de se trouver seule avec une folle, aurait certainement enfreint les ordres de son maître en mettant Siona à la porte, si la duchesse de Mercey n'était venue juste à point pour la rassurer.

La duchesse n'avait pas vu le prêtre depuis la veille, et, faisant des montagnes de soupçons sur l'incohérence des conversations qu'elle avait eues avec lui, elle avait cru prudent et instructif d'aller surprendre son *saint amant* dans sa propre demeure, à l'heure où de pareilles visites ne se font pas.

Quel fut l'étonnement de la duchesse, en rencontrant Siona dans la chambre de Rollet, je n'entreprendrai pas de le décrire.

Toujours est-il qu'interdite et offensée à la fois, elle n'avait cru devoir ni questionner la servante, ni parler à Siona, et s'était jetée sur un fauteuil, résolue à attendre le retour de celui qu'elle aimait, pour avoir une explication catégorique sur ce dont elle était témoin intempestif.

De longues minutes passèrent ainsi dans le silence le plus absolu.

Enfin, un bruit de pas retentit.

La duchesse et Siona prêtèrent l'oreille.

La porte cria sur ses gonds, et l'abbé Rollet entra.

Un regard lui suffit pour deviner toute la gravité de la situation.

Il comprit, en interrogeant le visage des deux femmes et l'attitude embarrassée de la servante, qu'il arrivait juste à point pour éviter un scandale.

Le difficile était de savoir où la conversation avait été interrompue.

Il connaissait assez le caractère violent de la duchesse pour augurer d'un seul mot tout ce qui se passait dans son cœur.

Un homme ordinaire se perd dans de pareilles situations, un élève de saint Ignace se joue facilement de pareilles difficultés.

L'abbé Rollet fit un gracieux salut à la duchesse et, prenant sa

Ne quittez pas cette chambre et veillez à ce que cette enfant ne sorte pas d'ici.

voix la plus douce, la plus séduisante, il dit, en tendant sa main à Siona :

— Ma chère enfant, il vous faut retourner en toute hâte chez vous.

Vous annoncerez à votre père l'acte suprême que vous venez d'accomplir.

Il est bon que vous restiez quelques jours en retraite, priant le ciel de vous éclairer sur vos nouveaux devoirs et de vous faire participer à ses grâces.

Allez, mon enfant : au revoir, à bientôt.

Siona sortit en baissant la tête.

— Quelle est cette jeune fille? demanda la duchesse avec dédain.

— C'est une folle qui m'ennuie, répondit l'abbé Rollet avec insouciance.

Puis, souriant :

— Ma jolie compagne, ajouta-t-il, je viens de chez vous.

Si gracieusement paresseuse, comment avez-vous pu quitter de sitôt votre nid de dentelles ?...

Car, si je connais vos habitudes, il vous faut deux grandes heures pour nouer vos jolis cheveux et harmoniser vos somptueux atours...

Mon Dieu ! quelle simplicité et quel goût à la fois ! Vous n'avez jamais été plus jolie.

Voyez combien vous êtes belle ! Et il présenta un coquet miroir à la duchesse.

— Vous perdez la tête, mon cher César; hier, vous aimiez le luxe, aujourd'hui vous préférez la simplicité.

Je ne m'étonne plus qu'une petite ouvrière, idiote, mal mise, trouve accueil chez vous.

— Vous êtes méchante...

Heureusement qu'un mot d'amour effacera bientôt toutes les vilaines choses que vous dites.

— Je ne suis plus disposée à parler ce langage-là... avec vous.

— Et moi, je vous aime plus que jamais, belle boudeuse !... Duchesse, un baiser ?

— Je refuse...

— Voyons, ma mie, qu'avez-vous à me reprocher ? Peux-tu douter de mon amour, mon adorée ?

En disant ces mots, le jésuite entourait de ses bras la taille de la duchesse et attirait sa joue contre la sienne.

— Je ne veux plus voir cette fille ici, dit Mme de Mercoy, en s'abandonnant aux caresses de Rollet.

— Je ne la recevrai plus... je te le jure...

C'est une folle dont je me suis débarrassé, grâce au ciel.

— Comment se nomme-t-elle ?

— Pour l'amour de Cupidon, duchesse, ne perdons pas un temps précieux à nous occuper de cette pauvresse.

Vois, nous sommes seuls...

Le soleil nous sourit... l'air nous enivre... tout nous parle d'amour...

XXXIX

LE DROIT CHEMIN

Les deux lettres adressées à Hector de Beaudréant, par sa mère et par César Rollet, l'avaient plongé dans la plus grande perplexité.

Son inquiétude était extrême ; il ne savait quel sens donner à ces missives ambiguës, dont le laconisme emphatique l'étonnait et l'effrayait à la fois.

Quoiqu'il y fût largement autorisé par sa mère, il n'osait encore se confier à son hôte, le baron de Kermalec.

Dans la conversation que nous avons rapportée, ce dernier ne lui avait pas dissimulé ses idées à l'endroit des conversions religieuses; il prévoyait donc que sa réponse serait peu favorable aux tentatives du R. P. Rollet.

Hector résolut, en conséquence, d'attendre encore quelque temps.

Il espérait que les lettres suivantes, qu'il ne manquerait pas de recevoir, jetteraient un jour véritable sur la situation.

Cependant le temps s'écoula, et Mᵐᵉ de Beaudréant, n'ayant pas revu Rollet, s'abstint naturellement d'écrire à son fils.

Le jésuite, de son côté, entièrement occupé par sa double intrigue avec la duchesse de Mercey et avec Siona Knauss, désireux d'ailleurs de gagner du temps vis-à-vis d'Hector, ne s'empressa pas de lui donner ces nouvelles si impatiemment attendues par le jeune homme.

Celui-ci passa donc, au bout de quelques jours, du doute au désespoir.

Le baron de Kermalec s'aperçut des sombres pensées qui obsédaient son hôte; il vit augmenter de jour en jour, d'heure en heure, cette douleur muette, et son amitié s'en effraya.

Il était homme de résolution.

Aussi résolut-il de brusquer lui-même les confidences, et, sans périphrase, il aborda franchement la question.

De Beaudréant, confiant dans la discrétion habituelle de son ami, ne s'attendait pas à cette attaque subite.

Il avoua toute la vérité au baron, et finit, après bien des circonlocutions, par lui demander nettement conseil, et lui confier les doutes qui avaient envahi son esprit et qui torturaient son cœur.

Mais ces craintes étaient peu de chose auprès de la terrible réalité que de Kermalec crut entrevoir, et dont il lui fit comprendre les impitoyables probabilités.

Selon lui, César Rollet, trahissant son amitié trop confiante, était d'accord avec Mᵐᵉ de Beaudréant qu'il trompait, pour séparer Hector de Siona.

Cela était évident, ou du moins, c'était ce qu'il croyait devoir présumer à la lecture de leur correspondance.

Cette saine appréciation fut pour Hector un trait de lumière; il comprit que s'il s'était trompé, s'il était le jouet, la victime de Rollet, sa mère ne devait jouer qu'un rôle inconscient dans cette machination qu'il commençait à soupçonner.

Il savait Mme de Beaudréant d'un caractère trop droit et trop fier pour s'abaisser jusqu'à employer la ruse; tout au plus admettait-il qu'elle eût accepté le fait accompli.

Aux questions du baron, il répondit qu'il aimait Siona d'un amour dont rien ne le pouvait guérir.

— Mon but, dit-il, était de l'amener à se faire chrétienne pour l'élever jusqu'à moi et lui donner mon nom.

— Pourquoi cette conversion? lui demanda de Kermalec, en quoi est-elle d'une nécessité absolue?...

— Mais, parce qu'étant catholique, je ne pouvais épouser une juive.

— Qui t'en empêchait?

— Je te l'ai dit, la différence de notre religion.

— Soit, mais alors, puisque tu étais le plus épris, le seul épris même, il me semble que c'était à toi à la sacrifier à cet amour immense; en bonne règle tu devais te convertir à la foi judaïque.

— Tu railles. Je voudrais te voir à ma place.

— A ta place, j'eusse épousé purement et simplement la femme aimée, selon la loi de mon pays, m'unissant à elle uniquement par le mariage civil, sans lui demander de s'avilir par une abjuration, tout comme je n'eusse pas accepté qu'elle me le demandât.

— Peut-être as-tu raison.

— Il n'en faut pas douter; c'est en partant d'un préjugé que tu en es arrivé à commettre une faute.

Crois-moi; Siona, si elle résiste aux prêches de ton jésuite, non-seulement n'aura pour toi aucun amour, mais elle n'estimera plus celui qui aura voulu la détourner de sa religion.

— Mais si elle cède?

— Quelle confiance alors pourras-tu avoir en cette créature dont la faiblesse t'aura été si péremptoirement démontrée?

Ecoute bien ceci; les premières impressions de l'enfance sont presque ineffaçables.

Il m'a fallu de longues années de tête-à-tête avec moi-même, dans la solitude et le travail; il m'a fallu concentrer toute ma raison, toute mon intelligence, pour arriver, non pas à renier, mais à discuter la religion dans laquelle j'ai été élevé ; et tu voudrais qu'un homme inconnu hier de celle qui l'écoute, parvint en quelques jours à la convertir ?

Non, cela ne peut être, et je te dis que si elle cède ce sera ou par faiblesse d'esprit, ou par ambition.

— Tout cela est vrai, irréfutable ; j'ai agi follement et je suis victime de mon jugement qui m'a trahi. — Que faire maintenant ?

— Me suivre à Paris, répondit le baron.

— A Paris ?

— Où je vais, et, sans que l'on y connaisse ton arrivée, je me présenterai en ton nom à Mᵐᵉ de Beaudréant et à ce jésuite.

— Et tu crois pouvoir...

— Tout sauver, s'il en est temps encore, et si tu me donnes ta parole de suivre mes ordres de point en point.

— Je te la donne.

— C'est bien, merci de ta confiance. Aie courage ; nous partirons dans deux heures.

— Je serai prêt.

XI.

PASSION FOLLE

Il est de ces passions que l'on n'allume pas en vain dans un cœur vierge, des passions dont la flamme éclaire ou consume.

Les âmes blasées ont seules la faculté de contenir leurs passions et de les cacher aux yeux de tous.

L'âme de Siona n'était pas de celles-là.

Sa nature ardente, artistique, était de celles qui ne savent pas économiser leur bonheur.

Ses yeux s'étaient ouverts à un nouveau jour, elle voulait tout connaître et boire à longs traits à la coupe des félicités terrestres.

Chrétienne et amante, elle avait hâte d'approfondir les mystères de sa foi et de son amour.

A la première stupeur qui s'était emparée d'elle, avait succédé la fièvre du désir.

Rollet n'avait pas prévu cette réaction. Il fut donc plongé dans le plus grand étonnement, lorsqu'un soir, en rentrant chez lui, sa servante lui remit le billet suivant :

« Mon père,

« M'expliquerez-vous le sens de tout ce que j'éprouve ?

« Me direz-vous la vie que vous me réservez ?

« J'aime, je le sais à présent, j'aime de toute la force de mon « cœur, de toute la puissance de mon âme.

« Je ne puis plus vivre loin de vous, car vous êtes la parole qui « me fait vivre, l'écho vivant du ciel que j'adore.

« Je souffre dans la pauvre demeure de mon père, car tout ce « qui m'entoure me rappelle un passé qui m'effraie.

« Je veux fuir, si vous le voulez, fuir avec vous, loin de tout « ce qui me rappelle mon existence de misère.

« Je vous attends, et j'attendrai jusqu'à l'heure où le soleil se « couche, prête à vous suivre.

« J'aime !

                                                « SIONA. »

Rollet sourit d'abord en lisant cette épitre, puis son visage devint sombre.

Les derniers rayons du soleil qui s'effaçait à l'horizon éclairèrent son front plissé par l'inquiétude.

— La folie a des degrés, murmura-t-il, il ne faut pas qu'elle dépasse les limites du raisonnable.

Siona aime trop.

Je n'avais pas prévu le cas où cette petite fille pourrait devenir gênante.

Ne nous laissons pas attendrir. Peste !...

Siona est jolie, je pourrais m'habituer à l'entendre murmurer à mon oreille les paroles enivrantes de l'amour, je pourrais céder aux charmes de ses accents, je pourrais l'aimer enfin ! Et alors...

Si j'ai voulu qu'elle m'aimât, c'est pour la posséder et non pour être possédé par elle.

A mon âge ce serait ridicule.., et dangereux.

Il faut contenir cette ardeur.

Il faut apprendre à cette enfant à cacher au monde ce qu'il m'importe que le monde ignore.

Ma première combinaison était la bonne, et puisque Siona m'offre elle-même le moyen de la mettre à exécution, je ne dois pas hésiter.

Lui répondre serait imprudent, ma lettre pourrait tomber par hasard entre les mains de ce puritain farouche qu'elle a pour frère, et qui, je le sais, ne s'est éloigné que pour mieux me surveiller.

Je la verrai donc ce soir, et je... la consolerai.

Rollet reprit vivement son chapeau et sortit.

Une minute après, Siona était à la porte du prêtre.

— Que demandez-vous, mademoiselle ? lui demanda la servante.

— Lui.., M. Rollet.

— Il vient de sortir à l'instant... il ne doit pas avoir fait cent pas...

Siona descendit promptement l'escalier.

Elle courut en toute hâte au bout de la rue, et crut apercevoir le jésuite disparaissant à l'extrémité d'une rue voisine.

Elle précipita sa course, mais épuisée déjà par sa course, les forces lui manquèrent, et elle perdit bientôt tout espoir de le rejoindre.

Un instant Siona eut la folle idée qu'il se dirigeait vers la maison de son père.

Elle vit bientôt que c'était une erreur, et ne pouvant faire plus, elle se contenta de le suivre encore jusqu'à complet épuisement de ses forces.

La pauvre fille marcha ainsi sans perdre de vue le prêtre, mais

« ... Et crut apercevoir le jésuite disparaissant à l'extrémité d'une rue. »

lorsqu'elle vit César Rollet franchir le seuil de l'hôtel de Beaudréant, elle eut un serrement de cœur ; une vive inquiétude la saisit.

Elle s'arrêta, hésitante.

Pourtant, aucun soupçon de trahison n'avait effleuré sa pensée, trop simple, trop pure pour avoir même la prescience du mal.

Elle hésita, mais bientôt ce fut en quelque sorte la peur même qu'elle éprouvait, qui lui donna un fébrile courage.

Elle hâta le pas.

Rollet, qui s'était un instant arrêté pour s'informer si la comtesse était chez elle, montait les degrés du perron de l'hôtel.

Siona traversa rapidement la cour d'honneur et pénétra dans le vestibule.

Un laquais annonçait le révérend père.

Sans avoir été aperçue, la belle Juive entra dans le salon sur les pas du Jésuite.

XLI

LA MARRAINE

La comtesse de Beaudréant tenait à la main la dernière lettre de son fils.

A l'entrée du Jésuite, elle se leva pour aller à sa rencontre ; mais elle s'arrêta avec surprise en voyant à deux pas de lui Siona pâle, immobile, appuyée défaillante contre un meuble.

Vaincue par l'émotion, la jeune fille, arrivée au but, succombait, sous le coup d'une réaction brusque.

M⁰ᵉ de Beaudréant courut à elle, et la soutenant :

— Qu'avez-vous, mon enfant ? remettez-vous...

Rollet se retourna.

A la vue de Siona, le sang lui monta au visage, il eut comme un éblouissement et faillit perdre contenance.

Mais, par un effort violent, familier aux hommes de sa profession, se remettant aussitôt, il comprit l'imminence du danger qu'il fallait éviter à tout prix.

Il s'approcha donc de Siona, et, lui prenant la main, la fit asseoir ; puis, passant sans affectation près de la comtesse, il lui glissa ces mots à mi-voix :

— Silence, madame la comtesse, ou tout est perdu !

Mᵐᵉ de Beaudréant le regarda avec étonnement.

— Siona, dit-il, mon enfant, vous êtes bien émue, c'est mal ; manqueriez-vous de confiance en moi ?

— Oh ! non, murmura la pauvre fille,

— Je viens m'entendre avec Mᵐᵉ la comtesse pour satisfaire à vos désirs, et comme je ne doute pas que sa bienveillance pour vous n'en assure le succès, vous devez avoir bon espoir.

Puis, s'adressant à Mᵐᵉ de Beaudréant :

— Madame, dit-il, j'ai compté sur vous : Mˡˡᵉ Siona Knauss, que vous connaissez déjà, est aujourd'hui chrétienne.

La comtesse fit un mouvement de surprise.

— Oui, ajouta César, touchée de la grâce divine, elle a embrassé notre foi.

Mais elle redoute encore, malgré le consentement que son père et sa mère ont donné à sa conversion, le courroux d'un frère qui ne lui pardonne pas d'avoir abjuré sa religion.

Pénétrée d'un divin amour pour notre Seigneur Jésus, elle veut désormais lui consacrer sa vie, s'éloigner d'un monde qui n'offre plus à son âme que des joies qu'elle repousse, vivre enfin de la vie ineffable de la contemplation.

Ce disant, Rollet, après avoir fait un signe d'intelligence à Mᵐᵉ de Beaudréant, regardait en souriant Siona qui l'écoutait avidement.

— Ma fille, continua-t-il en s'adressant à elle avec onction, vous m'avez accepté pour diriger votre âme, pour représenter auprès de vous ici-bas le divin Sauveur auquel vous devez votre rédemption, j'ai fait choix d'une modeste et pieuse retraite où vous pourrez vivre libre et indépendante.

Voulez-vous accepter pour marraine Mᵐᵉ la comtesse de Beaudréant, qui consent à vous accorder son pieux patronage ?

Des larmes voilèrent les yeux de Siona, en même temps qu'une rougeur confuse envahissait son front et qu'un sourire de bonheur éclairait son visage.

Le jésuite la prit par la main et la conduisit vers la comtesse, émue par cette scène dont elle croyait tous les acteurs sincères comme elle.

Siona, elle, n'avait saisi qu'une chose, c'est qu'elle allait partir.

Partir! quitter Paris, pour aller vivre au loin.

Où? peu lui importait, puisque Rollet y viendrait avec elle!

Son regard attendri et reconnaissant remerciait la comtesse de tout ce bonheur qu'elle croyait lui devoir.

Mme de Beaudréant, se baissant doucement, embrassa le front de la jeune fille, et la faisant asseoir près d'elle sur un sofa:

— Nous partirons ce soir, mon enfant, dit-elle, si vous le voulez bien.

— Oh! oui, madame.

— Vous vous rendrez, dit César, au couvent de ***, à vingt lieues de Paris; quelques heures vous suffiront avec de bons chevaux, et puisque Mme la comtesse daigne vous accompagner, je ne vous rejoindrai que dans deux jours.

Ce temps m'est nécessaire pour mettre en ordre quelques affaires.

Siona eut un mouvement d'effroi.

— Vous ne venez donc pas avec moi, mon père? fit-elle en levant ses beaux yeux sur le jésuite.

— Je vous l'ai dit, je vous rejoindrai dans deux jours, ma chère enfant.

Voici, ajouta-t-il, une lettre d'introduction auprès de la supérieure.

Mme de Beaudréant prit la lettre.

— Et maintenant, continua Rollet, je vous demanderai la permission, madame la comtesse, d'entretenir quelques instants mademoiselle sur ses nouveaux devoirs.

— Vous êtes ici chez vous, mon cher Rollet, remplissez-y, en toute sécurité, votre saint ministère; je vais donner des ordres pour que vous ne soyez point dérangé.

Nous partirons dans deux heures ; d'ici là ce salon vous appartient.

Pendant ce temps je vais dans mon oratoire prier Dieu pour qu'il fasse descendre sa grâce sur votre pieux entretien.

Le jésuite et Siona restèrent seuls.

À l'heure dite la chaise de poste de M⁼⁼ de Beaudréant attendait Siona et la comtesse.

Rollet, très-pâle, semblait inquiet et agité.

Au moment du départ, et lorsqu'il fit ses adieux à Siona, il lui dit d'une voix presque tremblante :

— À bientôt... À demain peut-être !

Puis il salua respectueusement la comtesse, et la voiture partit.

À cinq cents mètres de l'hôtel, un homme âgé, montant un vigoureux cheval, suivit la chaise de poste à distance.

Cet homme était maître Jean Adam le tourneur.

Rollet, regagnant en hâte son domicile, se croisa au bout de la rue avec Siméon Knauss qui ne le reconnut pas.

— Demain ! non pas demain, se dit le jésuite, il ne faut pas que je disparaisse en même temps qu'elle !

Je dois d'abord donner le change à ceux qui seraient tentés de m'épier.

XLII

ROBOAM KNAUSS

Et maintenant, revenons en arrière.

Entrons chez le père Knauss, et voyons quelles étaient ses craintes, quels étaient ses tourments pendant que le carrosse de la comtesse emportait Siona.

Il était neuf heures du soir, et depuis six heures, heure à laquelle sa fille avait coutume de rentrer, il arpentait sa chambre, en proie à la plus vive anxiété.

Ce retard l'inquiétait d'autant plus que depuis quelque temps il avait cru s'apercevoir d'une certaine incohérence dans le langage de Siona.

— Mon Dieu ! si en revenant de chez l'abbé, pensait-il, la pauvre enfant s'était jetée dans la Seine !

Oh ! non, c'est impossible !

Et il essaya de sourire à cette pensée qui l'avait un instant saisi au cœur.

Puis il passa en revue les changements opérés dans son existence depuis que César Rollet était entré dans sa famille.

Sa femme, retenue par son travail, ne le rejoignait le soir que fort tard.

Son fils avait quitté la maison peut-être pour n'y plus rentrer; il avait, on le sait, pris du travail chez maître Jean Adam.

Il ne restait donc à ce malheureux père que sa fille qui vivait auprès de lui.

Tout en réfléchissant ainsi, le vieux Knauss, harassé de fatigue, s'était laissé tomber sur une chaise, et, malgré lui, ses paupières appesanties se fermaient.

Le sommeil allait sans doute le gagner, lorsqu'on frappa à sa porte.

Il se leva en sursaut ; son cœur battit avec force.

— Ah ! je disais bien qu'il n'y avait rien à craindre pour ma Siona...

Un retard seulement...

J'y vais, ma petite, s'écria-t-il, et il ouvrit.

C'était la domestique de l'abbé qui lui remit une lettre.

Voici ce qu'elle contenait :

« Mon cher monsieur,

« Votre fille Siona, devenue aujourd'hui une chrétienne fervente, renonce au monde pour se vouer exclusivement au culte de son nouveau Dieu.

« Elle vient d'entrer dans un couvent.

« En vous faisant part de sa résolution, qui est inébranlable, je m'associe à votre douleur et vous prie d'agréer toutes mes sympathies.

« CÉSAR ROLLET. »

Une larme tomba des yeux du pauvre vieillard et roula sur sa main qu'elle brûla.

— Siméon, murmura-t-il, oh ! mon fils ! et toi, ma chère compagne, que ne vous ai-je écoutés !... je sens la main du Dieu de Jacob s'appesantir sur moi ; malheur! malheur!

Il resta un moment prosterné devant la colère divine.

Puis faisant soudain un effort sur lui-même :

— Elle n'est sans doute pas encore partie, j'arriverai peut-être à temps.

Et, ouvrant précipitamment la porte, il courut comme un homme fou vers la demeure de l'abbé

La lettre n'était que trop vraie.

Siona était partie !

Il fut répondu au vieux Knauss que le père Rollet était absent, qu'il ne rentrerait peut-être que fort tard, si toutefois il rentrait, mais qu'à coup sûr il serait visible le lendemain avant sa messe de neuf heures.

Et la porte de l'infâme jésuite se ferma brusquement sur celui qui venait de perdre tout son bonheur ici-bas.

XLIII

COUPS DE FOUDRE

Ce n'est que le surlendemain de grand matin que le père Roboam Knauss trouva l'abbé chez lui.

On le fit entrer, et on le pria d'attendre dans une pièce contiguë au salon.

Rollet n'était pas seul.

Des voix d'abord confuses se faisaient entendre, puis les paroles devinrent plus distinctes ; un dialogue assez vif était engagé entre le jésuite et son interlocuteur.

Tout à coup, les mots de fourbe et d'infâme, prononcés par une personne violemment irritée, vinrent retentir aux oreilles du vieux Knauss.

La voix qui proférait ces paroles le fit tressaillir.

Il crut la reconnaître, et s'avançant vers la porte du salon, il écouta.

— Savez-vous bien, mon jeune ami, disait l'abbé, que vous m'insultez gravement, et qu'il ne tiendrait qu'à moi de vous faire mettre dehors ?

Mais, ne craignez rien ; je hais plus que tout autre le scandale, et...

— Votre conduite, dit son interlocuteur, je le répète, et ne le répéterai pas toujours devant vous seul, est celle d'un misérable !

Vous avez abusé de la faiblesse de mon père, et non content de jeter le trouble dans une famille honnête, vous en avez déshonoré un membre.

— Mon Dieu ! murmura le vieux Knauss.

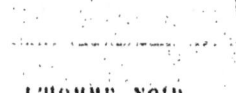

Pendant ce temps, dans un coin du salon, le vieux marquis racontait...

— Déshonoré ? que dites-vous ? fit l'abbé pâle d'émotion.

— Si vous me voyez ici, monsieur, c'est que je n'ignore rien de vos criminelles machinations.

Je vous ai suivi pas à pas.

Je me devais malheureusement à mon travail ; voilà pourquoi vous avez pu réaliser votre plan.

— C'est lui! c'est Siméon! murmura Roboam Knauss. Enfin!

— Assez, monsieur! assez! exclama l'abbé.

Siona, je vous le jure, est partie de son plein gré: je croirais, du reste, l'outrager en cherchant à amoindrir son action.

— Je vous reconnais bien là, jésuite que vous êtes!

Vous savez nier si effrontément qu'on risque fort, quand on n'a pas contre vous des preuves palpables, terribles, de perdre la partie... mais, pour aujourd'hui, il n'en sera pas ainsi, je vous l'assure.

En attendant, répondez.

Où est ma sœur? répondez, dis-je, ou malheur à vous!

— A la fin, monsieur, s'écria le jésuite frémissant d'audace, ma patience est à bout, je n'ai de comptes à rendre qu'à celui qui m'a confié Siona, je n'ai de comptes à rendre qu'à son père.

— Eh bien, monsieur l'abbé, s'écria Roboam Knauss d'une voix que la colère rendait terrible, me voici: rendez-moi vos comptes.

La foudre tombant sur l'abbé Rollet ne l'eût pas plus terriblement frappé que cette apparition soudaine.

Quant à Siméon, il se précipita dans les bras de son père.

Leur étreinte fut de courte durée.

L'abbé, prévoyant une catastrophe, se saisit du cordon de la sonnette, qu'il brandit avec force.

— Entends-tu, mon père? c'est l'arme de ce lâche! N'essuyons pas un nouvel affront. Partons!

— Nous nous reverrons bientôt, monsieur l'abbé, dit le vieux Knauss, mais en d'autres lieux d'où vous ne pourrez nous faire chasser.

Avant de sortir, pourtant, je vous demanderai où est ma fille?

Les domestiques de l'abbé parurent.

— Les choses se sont faites si loyalement, si ouvertement, dit Rollet du ton le plus cafard du monde, qu'il me sera très-aisé de vous indiquer le couvent où elle a exigé que je la fisse conduire.

— Eh bien? demanda le père Knauss avec anxiété.

— Mais je vous préviens d'abord que toutes vos démarches pour la voir seraient inutiles...

— Qu'importe! fit Siméon, dites-nous d'abord...

— Je n'ai rien à vous dire, répondit froidement Rollet, si ce n'est que s'il vous plaît d'écrire à Siona, je lui ferai parvenir vos lettres et vous transmettrai ses réponses.

Elle-même a exigé que sa retraite fût ignorée de vous.

A ces paroles, la colère de Siméon devint de l'exaspération; peut-être allait-il se précipiter sur le jésuite...

Mais un incident inattendu vint tout à coup faire changer les choses de face.

Des pas précipités se firent entendre dans la pièce voisine, et Hector de Beaudréant s'élança dans la chambre.

Ce retour inattendu, dans un pareil moment, semblait devoir compliquer la situation de difficultés nouvelles; mais, comme tous les hommes véritablement nés pour la lutte, le révérend père sentait ses forces et son courage grandir en présence d'un nouveau danger.

Il ne se déconcerta pas.

— Où est-elle? s'écria le vicomte, sans prendre garde aux assistants, où est-elle? Sur ton honneur je te l'avais confiée.

Et, saisissant le bras de César, il ajouta avec colère:

— Mais réponds-moi donc, où est Siona?

La figure impassible du baron de Kermalec apparut seulement dans l'entre-bâillement de la porte de la chambre; et, s'avançant lentement, le gentilhomme breton congédia d'un geste les domestiques qui, surpris et habitués à obéir sans réflexion, sortirent machinalement.

— Monsieur l'abbé, fit-il en écartant Hector, puis-je parler devant ces messieurs?

Et il désigna Roboam et Siméon.

— Vous le pouvez, monsieur, répondit Roboam, s'il s'agit de Siona; je suis son père, et voici son frère.

Le baron regarda le vieil ouvrier et s'inclina.

— Je suis heureux, ajouta-t-il, du hasard qui nous réunit.

— Monsieur Rollet, je suis le baron de Kermalec, chez lequel Hector de Beaudréant s'est réfugié d'après vos conseils.

C'est vous dire que je suis le meilleur ami du vicomte; il m'a donc tout confié, son amour et vos projets.

— Veuillez être assez bon, puisque vous les connaissez, pour les expliquer ici dans tous leurs détails, fit le jésuite d'une voix peu assurée.

Et de sa main il désigna des siéges à ses visiteurs.

— Soit! dit le baron, puisque vous semblez y tenir.

Hector, amoureux fou de Mᵐᵉ Siona, vous a témoigné son intention de l'épouser.

A ces mots Roboam et Siméon tressaillirent et regardèrent les assistants avec stupéfaction.

D'un signe de tête, Hector leur confirma le dire du baron.

— Mais cette jeune fille, interrompit Rollet, était juive, et si Mᵐᵉ de Beaudréant pouvait consentir à ce que son fils l'épousât, malgré sa position inférieure, ce ne pouvait être, vous l'aviez avoué vous-même, qu'après sa conversion au catholicisme.

La stupeur des Knauss augmentait à chaque instant; tout se dévoilait à leurs yeux.

— Aussi, avez-vous entrepris la conversion, ajouta de Kermalec.

— Sur la demande expresse d'Hector, observa Rollet.

— Sur ma demande, cela est vrai, affirma le vicomte.

— Eh bien! continua le baron, nous sortons de l'hôtel de Beaudréant, et nous avons appris que, depuis deux jours, Mᵐᵉ Siona était novice dans un couvent dont on cache le nom.

Est-ce là ce que vous avez promis à votre ami Hector, monsieur l'abbé?

— Je n'ai rien promis, répliqua celui-ci en relevant vivement la tête, ni à Hector, ni à personne.

Je ne conçois pas en vérité, fit-il avec amertume, ce que l'on me veut et de quel droit l'on m'interpelle.

J'ai voulu être utile à tous, et tous vous cherchez à me mettre en défaut; si habitué que je sois à l'ingratitude humaine, je m'en étonne aujourd'hui cependant.

Oui, par amitié pour le vicomte, j'ai fait de Siona une chrétienne pleine d'ardeur et de foi.

Mais, puis-je faire, moi, qu'elle veuille l'épouser?

Puis-je empêcher enfin que, touchée de la grâce d'en haut, cette jeune fille ait préféré le couvent au monde, dont moi-même j'ai peine à me défendre ?

Enfin, ajouta Rollet triomphalement, vous me venez demander tous où est Siona ?

Croyez-vous donc que je l'ai séquestrée ?

Vraiment, je ne sais pourquoi je me justifie ; mais puisqu'il faut faire cesser vos inquiétudes, sachez donc que si je ne puis vous dire dans quel couvent Siona s'est renfermée, c'est que je l'ignore moi-même.

Et toutes vos craintes cesseront, fit-il, quand vous saurez que c'est M⁰ᵉ la comtesse de Beaudréant qui, dans sa propre voiture, a conduit Siona dans ce couvent, sur ses instances réitérées.

Maintenant, messieurs, que je vous ai rendu mes comptes, voulez-vous me permettre d'aller rejoindre les fidèles qui attendent ma messe ?

En entendant ces paroles, Hector avait baissé la tête.

Le père Knauss et son fils ne pouvaient y trouver une réponse.

Le baron de Kermalec se demandait ce qu'il en devait croire.

Saisissant son chapeau, Rollet s'avança vers la porte à reculons, comme pour ne pas perdre du regard ses adversaires :

— Adieu ! messieurs, dit-il.

Puis il se retourna rapidement pour sortir.

Un homme de haute taille lui barra le chemin.

— Restez donc encore un instant, monsieur l'abbé, fit cet homme ; si vous ne savez pas où est Siona, je vais vous l'apprendre.

Tous les assistants se retournèrent ; Siméon courut saisir la main du nouveau venu ; il avait reconnu son patron, Jean Adam le maître tourneur.

— Restez donc, continua ce dernier, vous avez bien au moins autant de temps à perdre que moi, qui ai suivi la petite à cheval jusqu'au couvent.

Rollet pâlit.

— Vous ne savez pas où elle est, reprit Jean Adam, eh bien, je veux vous laisser le plaisir de la surprise : M. le procureur impérial, que je viens de voir, vous l'apprendra, si vous voulez bien m'accompagner à son cabinet.

Les paroles du vieil ouvrier étaient graves et menaçantes.

Rollet joua d'audace.

— De quel droit, fit-il, venez-vous me parlez ainsi ?

— Ma foi, mon cher monsieur, si vous voulez le savoir, je crois que le commissaire de police qui vous attend dans la pièce voisine vous instruira.

Rollet recula d'abord, puis il passa dans la pièce indiquée.

Le magistrat l'y attendait.

— Ah ! s'écria Hector, ce misérable aura compromis ma mère !

— Courons la prévenir et tout apprendre d'elle, répondit de Kermalec en entraînant le vicomte.

— Et vous, fit Jean Adam au père Knauss et à Siméon, venez avec moi au palais de justice, on a besoin de votre témoignage.

XLIV

LE BON PRÊTRE

Lorsque Siona arriva au couvent, elle était dans un état de surexcitation tel, qu'une fièvre ardente ne tarda pas à la dévorer.

La comtesse de Beaudréant fit part des craintes que lui inspirait l'état de sa protégée à la supérieure du couvent, mais celle-ci la rassura complétement, en lui disant qu'il en était ainsi de toutes les jeunes novices à leur entrée dans la maison.

Elle en attribua la cause au pieux zèle qui les enflamme, à l'enthousiasme juvénile qui les guide, et la comtesse, dont la piété sincère comprenait sans les partager ces ardeurs religieuses, se sentit rassurée; néanmoins, elle sollicita vivement l'indulgence et recommanda des soins pour sa protégée qu'il fallait instruire, dit-elle, de ses devoirs nouveaux.

Puis elle demanda à s'entretenir avec le prêtre chargé de diriger les consciences des religieuses.

Et, pendant que les sœurs procédaient à l'installation de Siona, Mᵐᵉ de Beaudréant eut toute facilité pour s'entendre avec cet ecclésiastique et lui recommander chaleureusement la jeune fille.

Ce prêtre était un vieillard.

Le temps avait passé sur sa tête sans produire sur lui ces ravages terribles des passions humaines qui marquent l'homme au visage d'un stigmate indélébile.

Sa figure était souriante et douce, empreinte d'une bonté familière qui attirait.

La première impression que l'on ressentait à sa vue était une naïve satisfaction du cœur, une sorte de mansuétude intime qui prédisposait à la confiance.

Sa parole était douce et calme sans être onctueuse ni insinuante.

Son geste était sobre et d'une simplicité pleine de grandeur.

On pressentait que la foi de cet homme était aussi pure que son regard; on comprenait que sa vie avait dû s'écouler paisiblement dans les nobles satisfactions du devoir accompli.

Il accueillit avec bonté les recommandations de la comtesse, lui promit de commencer dès le lendemain l'éducation religieuse de Siona, et surtout de calmer sa trop ardente excitation.

Mᵐᵉ de Beaudréant partit donc parfaitement rassurée sur la pauvre enfant.

Le jour suivant, ainsi qu'il en avait fait la promesse, le digne aumônier fut trouver Siona dans sa cellule.

Elle était en proie à l'exaltation la plus grande.

Prosternée sur son prie-Dieu, plongée dans une sorte d'extase cataleptique, elle murmurait de ces paroles incohérentes comme déjà il s'en était échappé de ses lèvres dans les adorations contemplatives qui la dominaient.

Le bon prêtre n'eut pas de peine à deviner qu'il y avait dans l'âme de la novice plus de fanatisme que de foi réelle.

Il chercha alors à calmer cette excitation en initiant Siona aux préceptes de la vraie piété.

Elle l'écouta avec un avide étonnement.

Bientôt elle comprit combien ce langage était celui de la vérité; et pourtant ce n'étaient plus les extatiques et séduisantes peintures de l'amour chrétien que Rollet avait présentées à ses yeux éblouis.

Au feu dévorant qu'avaient allumé dans son âme les discours ardents du jésuite, succédait un calme qui bientôt s'empara de tout son être.

La voix du bon prêtre arrivait à son âme comme un divin baume, et calmait les terribles souffrances de son exaltation fiévreuse.

— Ma fille, mon enfant, lui dit le saint homme, dans l'exil du monde où vous vous êtes volontairement plongée, il est une douce et pieuse consolation.

Il faut entretenir ceux que vous aimez et qui vous aiment de toutes vos pensées, il faut oublier la vie mondaine, mais non ceux que vous avez laissés derrière vous.

Vous devez prier pour eux.

Vous devez les exhorter au bien et à la résignation, les consoler de votre absence enfin.

— Oh! oui, mon père, répondit Siona, songeant à Rollet.

— Vous avez une mère, un père, leur avez-vous annoncé votre heureuse arrivée parmi nous?

— Mais... fit Siona hésitante, non.

— Il faut vous hâter de le faire, mon enfant, le respect des père et mère est un des premiers et des plus saints devoirs du chrétien.

La piété filiale est comme un reflet de l'amour de Dieu.

Siona, surprise, émue, ne se rendait pas compte de la différence qui existait entre les paroles du bon aumônier et celles de Rollet.

Tous deux portaient cependant la même robe noire, ils remplissaient le même ministère, tous deux se présentaient à elle comme les représentants de Dieu sur la terre, et pourtant combien ils étaient dissemblables!

De quel côté était la vérité?

Siona l'ignorait.

Vous, duchesse ! s'écria l'abbé, en se précipitant aux genoux de M⁸ᵉ de Mercy.

La voix intime de sa conscience l'attirait vers le bon prêtre,
l'amour l'entraînait vers le jésuite.
Siona n'avait pas vingt ans.
Ce fut l'amour qui l'emporta dans son cœur.

23ᵉ LIVRAISON

IV

LA LIBERTÉ

La veille du jour où cette scandaleuse affaire devait venir en cour d'assises, une femme vêtue de noir et voilée pénétrait dans la cellule de César Rollet.

— Qui vient me voir ? murmura ce dernier.

— Moi, César, répondit la visiteuse d'une voix assurée et en relevant son voile.

A la lueur blafarde d'une lampe fumeuse, l'abbé reconnut la duchesse de Mercœy.

— Vous ici ! exclama-t-il, en couvrant son visage de ses mains.

— Oui ! moi-même, César... Ah ! ah ! fit-elle en souriant avec ironie, votre cœur, cette fois, avouez-le, ne vous a pas révélé ma présence ?

— Et que venez-vous faire ici, madame ? au nom du ciel, pourquoi vous ici ?

— Je vais vous l'apprendre, César, mais d'abord n'invoquez plus, je vous prie, devant moi, Dieu et ciel.

Ces mots sonnent mal dans votre bouche, croyez-moi ; vous n'avez plus personne à tromper.

— Par pitié, duchesse, ne m'accablez pas ; ne suis-je pas assez malheureux et faut-il que ce soit vous qui me jetiez la dernière pierre ?...

— Oui, Rollet. C'est moi qui, la dernière, te souffletterai, car tu m'as ignominieusement outragée, car tu m'as mortellement blessée dans ce que j'avais de plus cher au monde, mon orgueil !

Oui, César, c'est moi, la duchesse de Mercœy, la maîtresse, qui te cracherai tes vérités au visage.

Ta passion brutale et ma crédulité ont abaissé les barrières qui séparaient la fille du peuple de la duchesse de Mercœy !

Ah ! tu as réuni sur tes lèvres mes baisers et les siens !...

Et je t'aimais cependant comme je t'aime encore, malgré ton infamie et mon humiliation !...

Accablée par l'émotion, la duchesse chancela et se laissa tomber sur un escabeau.

— Mais, s'écria Rollet, puisque vous m'aimez encore, vous auriez dû, par votre influence, faire étouffer ce procès qui va me couvrir d'opprobre.

— Mon influence, César, je l'ai employée à obtenir la demi-heure d'entretien que j'ai avec toi.

— Il eût été préférable de la faire servir à autre chose, dit sèchement l'abbé.

— Et sais-tu, César, ce que je t'apporte ?

— Des preuves de mon innocence, sans doute ? demanda-t-il avec un amer sourire.

— Des preuves de votre innocence ! fit la duchesse frappée d'une telle audace ; non, malheureux, votre honte est de celles qui ne sauraient se combattre avec des présomptions, vous êtes coupable et c'est comme tel que vous serez jugé.

— C'est ce que nous verrons demain, dit l'abbé avec impudence.

— Demain ! demain ! répéta la duchesse.

Mais César, demain, vous n'affronterez pas la justice des hommes, vous ne vous rendrez pas au tribunal.

— Que voulez-vous dire ?

— J'ai sur moi de quoi vous épargner la honte, le déshonneur, j'ai de quoi vous arracher aux regards de mépris de ceux qui vous ont cru un homme de vertu, j'ai sur moi la clef de la liberté.

— Vous, duchesse ! s'écria l'abbé en se précipitant aux genoux de Mᵐᵉ de Mercœy, dont il baisa les mains avec effusion, vous ! répéta-t-il... oh ! soyez mille fois bénie...

— Voilà, fit dédaigneusement la duchesse, une position et des remercîments qui ne plaident pas en faveur de votre innocence.

— En effet, madame, dit Rollet d'une voix éteinte, je suis coupable, bien coupable, mais avant de me condamner, écoutez-moi :

peut-être qu'après m'avoir entendu, vous ne me jugerez pas avec
la même sévérité.

L'abbé prononça ces paroles avec un ton de sincérité qui émut
la duchesse.

— Je vous écoute, lui dit-elle, mais hâtez-vous, car nous n'avons
que quelques minutes.

— Quand je sortis du séminaire, où j'étais entré à mon corps
défendant, je me fis agréer dans l'ordre des pères jésuites.

On m'envoya dans un petit couvent de pères assez éloigné de
Paris.

Il paraît que mes modestes lumières, ma conduite, mon intelligence attirèrent sur moi les regards des membres du grand conseil
secret, car au bout de très-peu de temps je reçus l'ordre de venir à
Paris.

Alors on me dit :

« Le duc de Mercœy est une grande influence, il nous faut ses
secrets.

« Dans huit jours, vous serez le confesseur de la duchesse. »

Encore imbu des préceptes, des idées avec lesquels j'avais été
bercé depuis mon enfance, je ne compris pas combien était honteux le rôle qu'on me réservait.

On avait ajouté que ce que j'allais entreprendre, tout en servant
mes intérêts, devait servir aussi ceux de mon ordre.

J'obéis.

Au jour fixé, votre directeur m'amena vers vous.

J'avais vingt ans; vous étiez belle.

Je devins vite votre ami, et... vous savez le reste.

— Infâme, exclama la duchesse, dans l'esprit de laquelle se
déroulèrent les honteuses machinations dont elle avait été victime.

Ainsi, ajouta-t-elle, ce qui est arrivé était prévu : vous êtes
devenu mon amant par ordre ?...

— Il se peut que ce qui est arrivé ait été prévu, mais pour ce
qui m'est propre, pour ce qui engage notre conscience, je n'ai obéi
qu'à mon inspiration.

Après vous avoir longtemps adorée en silence, l'idée de possession s'éveilla en moi.

J'étais homme avant d'être prêtre! et ma passion l'emporta sur mon caractère; après deux ans de luttes terribles, je fus vaincu.

Vous voyez, duchesse, que je ne suis peut-être pas aussi coupable que vous le pensiez.

J'étais un instrument aveugle, je n'avais plus mon libre arbitre, et j'étais jeune.

Pour la première fois depuis longtemps une larme sincère perla dans les yeux de l'abbé.

La duchesse en fut émue; mais imposant silence à son cœur :

— Nous n'avons plus que cinq minutes d'entretien, dit-elle, j'ai parlé de vous sauver, je vais tenir ma parole; mais avant, un mot encore.

Où est ma correspondance? César Rollet, il me la faut.

— Je vous la remettrai, duchesse, aussitôt que je serai libre.

— Il serait trop tard! Où est-elle, César? je veux le savoir.

L'abbé ne vit pas d'inconvénient à obtempérer au désir de la duchesse, de celle qui, pensait-il, allait le sauver.

Aussi lui répondit-il :

— Toutes vos lettres sont sous une grande enveloppe cachetée, dans la poche secrète de mon bréviaire cilice, sur le prie-Dieu de ma chambre à coucher.

La duchesse respira.

Ses beaux yeux rayonnèrent : elle n'était plus au pouvoir de l'abbé.

— Comment pourrez-vous me rendre la liberté, madame? demanda avec anxiété ce dernier.

— La voici, César, fit Mᵐᵉ de Mercey en lui présentant un flacon.

Voici la seule liberté que vous puissiez espérer, ajouta-t-elle; prenez-la si vous voulez éviter le scandale, le déshonneur public.

— Je comprends! exclama l'abbé, que cette proposition imprévue terrifia.

Je comprends, répéta-t-il en saisissant le poison, merci, duchesse!

A ce moment, des pas se firent entendre.

— Adieu, César, fit la duchesse.

Rollet n'entendit pas Mᵐᵉ de Mercey, qui sortit du cachot

en jetant sur lui un dernier regard, regard de pitié.... peut-être aussi d'amour !

———

XLVI

A JÉSUITE, JÉSUITE ET DEMI

Quelques minutes à peine après la visite de la duchesse de Mercey, Rollet vit entrer dans son cachot un homme qu'il ne connaissait pas.

Cet homme était le comte Riedricht, le premier secrétaire de l'ambassade de Schausen-Liften, le jésuite calviniste.

— Monsieur, dit-il froidement à Rollet, je viens vous trouver au nom de la congrégation.

Voici mon mandat visé par le révérend père général.

Rollet s'inclina.

— Que veut de moi la très-sainte société? dit-il.

— Votre silence d'abord sur tout ce que vous pouvez savoir des secrets de la congrégation.

— Je l'ai juré.

— Cela ne suffit pas.

Il faut encore que vous teniez votre serment.

Pour nous en assurer, nous avons, avant les perquisitions judiciaires, pris possession de tous vos papiers.

Ils contenaient un grand nombre de renseignements utiles que nous vous félicitons de nous avoir procurés, mais il y manquait des pièces importantes et compromettantes.

— Que voulez-vous dire?

— Je veux dire que les lettres de la duchesse de Mercey ont échappé à nos recherches.

Le conseil m'a chargé de vous les réclamer.

Rollet baissa la tête; il était évident pour lui que l'on voulait rester maître de la duchesse Diane.

Mais le souvenir de ces lettres lui rappela qu'elle s'était jouée de lui en lui promettant la liberté.

Un sourire de basse vengeance erra sur ses lèvres.

— Monsieur, répondit-il au comte Riedricht, ces lettres, je vais vous dire où vous les trouverez; mais permettez-moi de vous demander en échange un service personnel.

— S'il est en mon pouvoir, je vous l'accorde d'avance.

— Il s'agit de remettre de ma part, et secrètement, à Siona Knauss, un flacon en la priant d'en boire le contenu.

Puis il ajouta :

— La pauvre enfant est, je crois, en voie de devenir mère; cette boisson lui évitera le déshonneur en hâtant sa délivrance.

Puis il tendit le flacon au comte.

Riedricht le prit sans laisser paraître la moindre émotion, et le serra avec soin.

— Cela sera fait.

Rollet ne put lire aucune autre impression sur son visage; il ignorait, le malheureux, que c'était le comte Riedricht lui-même qui avait envoyé le poison.

Il indiqua au comte le bréviaire où se trouvaient les lettres; celui-ci se souvint avoir déjà examiné ce livre parmi ceux dont on s'était emparé; la poche secrète n'avait pas été découverte.

— Maintenant, ajouta le comte, écoutez bien mes paroles, mon révérend père.

Vous n'êtes pas coupable, c'est entendu, vous êtes victime.

Le vrai coupable, vous le connaissez, il s'est révélé à vous par la confession.

Vous pourriez parler, confondre vos accusateurs, mais vous vous sacrifiez à l'honneur du sacerdoce.

Vous êtes un martyr.

On sait déjà au dehors que vous êtes innocent, mais malheureusement l'opinion publique ne pourra se manifester, car votre affaire est de celles qui se jugent à huis-clos.

Le public ne pourra donc peser en rien sur la conscience de vos juges.

Seuls, quelques journaux honnêtes et bien pensants proclament l'erreur de la justice.

Nous ne pourrons donc peut-être pas vous sauver, mais vous êtes absous d'avance par toute âme pieuse.

Votre rôle, mon révérend père, est noble et grand. Sachez le remplir jusqu'au bout.

Rollet comprit, et, prenant une humble posture, répondit simplement :

— Je ferai mon devoir.

Le comte Riedricht, en sortant de la prison, tira le flacon de poison de sa poche et le regarda.

— Le porter à Sion! pardieu, ce Rollet avait du génie, il méritait mieux que la fin mesquine qui lui est réservée.

XLVII

PROPOS DE BAL

Le soir même du jour où Rollet avait comparu devant ses juges, il y avait réception dans les salons de la duchesse Diane de Mercey.

— Savez-vous la grande nouvelle ? fit un vieux marquis, en s'approchant d'un groupe assez nombreux au milieu duquel rayonnait la belle duchesse.

— Non ! fut la réponse unanime. Apprenez-nous... ?

Et, saisissant Siona...

— Eh bien! la cour d'assises a jugé aujourd'hui César Rollet.

La duchesse pâlit.

— Le lâche! pensa-t-elle. Ah! j'aurais dû m'en douter...

— Ce jésuite que nous avons tous comblé de nos faveurs... Mme de Mercey surtout, dit-il d'un ton amer, en observant la duchesse, qui réunissait tous ses efforts pour contenir l'émotion qui l'oppressait.

— Il a été acquitté, sans doute ? demanda-t-elle, en essayant de donner à sa voix l'expression de la plus complète indifférence.

— Non, madame, répondit le marquis, heureux de se venger des mépris récents de la duchesse; il a été condamné aux travaux forcés...

— Vous souffrez, duchesse ? lui demanda à mi-voix le comte Riedricht.

— Non, fit-elle, mais... ma correspondance ? vous êtes-vous informé ?

— J'ai sur moi vos lettres à ce misérable César; son dépositaire, que j'ai découvert, me les a vendues.

— Ils sont tous les mêmes !... fit avec dégoût Mᵐᵉ de Mercey.

A ce moment le prélude d'une valse se fit entendre.

La duchesse, s'adressant au comte Riedricht qui semblait attendre la suite de sa réponse, ajouta :

— Je vous ai promis cette valse, Léopold, je suis à vous, toute à vous...

Et le tourbillon de la danse entraîna la belle Diane étroitement enlacée par les bras du jésuite de robe courte.

Pendant ce temps, dans un coin du salon, le vieux marquis racontait avec une causticité qui n'excluait pas l'esprit les détails du jugement rendu par la cour d'assises.

ÉPILOGUE

Aujourd'hui, Siona, calme et résignée, aide dans ses rustiques travaux son frère Siméon, devenu fermier du baron de Kermalec.

Le père Roboam et la mère Knauss sont morts doucement, presque consolés.

FIN

TABLE

—

Paris. — Imp. F. Dubont et Ci°, 13, rue du Croissant.

L'ÉTANG DES SŒURS GRISES

ILLUSTRÉ PAR A. DENIS

GRAVURES DE HAUSER

L'ÉTANG DES SŒURS GRISES

Par A. MATHEY

~⁓⁓~

PREMIÈRE PARTIE : *Les Deux Sœurs*. — **DEUXIÈME PARTIE :** *Les Droits du Mari*.

~⁓⁓~

RÉSUMÉ

Nous sommes dans le parc immense du vieux château du Roveray, en Poitou, au bord du vaste étang qui a reçu le nom, dans le pays, d'*Étang des Sœurs grises*.

Il est deux heures du matin. C'est au commencement de l'automne.

Tout à coup, on entend le bruit sourd de deux corps qui tombent dans l'eau, et, attirés par le bruit, apparaissent sur la rive deux jeunes gens, deux amis, deux peintres, Camille Richard et Louis Bertrand. Après un bal et un souper plantureux donnés par les maîtres du château aux hôtes de l'automne, amenés par l'ouverture de la chasse, les deux jeunes gens, sans prendre la peine de quitter même leur costume de soirée, sont allés se promener dans le parc et finir ainsi leur nuit.

Inquiétés par ce bruit sinistre, ils parcoururent les bords de l'étang en se rapprochant d'un kiosque de feuillage construit sur un petit promontoire qui s'avance dans l'eau et la surplombe d'une hauteur de quelques mètres.

C'est de là que le corps a été précipité ou est tombé dans l'étang, sans être aperçu des deux promeneurs, qui n'ont qu'entendu un bruit étrange, sur la nature duquel même ils hésitent.

L'un, Camille Richard, croit qu'il s'agit d'une poule d'eau ou d'un canard qui aura plongé ; l'autre, Louis Bertrand, montre une inquiétude et une angoisse profonde.

Brusquement, ils entendent un craquement de feuilles sèches et aperçoivent, sous un rayon de lune, une forme blanche, la forme d'une femme qui passe à quelque distance, sans qu'ils aient pu la reconnaître.

Ils s'élancent à sa poursuite, mais en vain, ils ne retrouvent personne.

Ils reviennent à l'étang, prennent un canot et sondent la pièce, sans ramener aucun cadavre.

Le matin de cette même nuit, à l'heure du déjeuner, les hôtes du château se trouvent réunis au salon du rez-de-chaussée.

Il y a là M. et Mᵐᵉ Duclerc, les maîtres du château, Honorine, leur fille aînée, âgée de vingt et un ans, et mariée depuis peu à M. Bissy, sous-intendant militaire en retraite, personnage grotesque, ainsi que Camille Richard et d'autres invités.

Louis Bertrand n'est pas encore descendu de sa chambre, où il répare le désordre de sa toilette.

La cloche a sonné une première fois pour annoncer le déjeuner.

Mᵐᵉ Duclerc s'informe de sa fille cadette Denise, âgée de dix-sept ans, qu'on n'a pas vue de la matinée, et qui n'est point dans sa chambre.

— Sais-tu où est ta sœur ? demande la mère à Honorine, Mᵐᵉ Bissy.

— Mais non, maman. Est-ce que je suis chargée de garder ma sœur, à présent ? répond-elle en riant.

En ce moment, un domestique ouvre à deux battants la porte de communication, en prononçant les paroles sacramentelles :

— Madame est servie.

Mais avant que l'écho de la voix soit éteint, la porte d'entrée située, en face, s'ouvre à son tour, ou plutôt cède sous une secousse violente, et Louis Bertrand pâle, défait, les cheveux en désordre, tenant à la main une lettre froissée, s'élance dans la salle comme un fou.

— Au secours ! au secours ! hurle-t-il d'une voix étranglée. Noyée ! noyée !

— Qui ça ? s'écrie-t-on.

— Denise ! répète-t-il les yeux hagards. Là ! là ! continue-t-il en montrant le papier qu'il tient. Cette lettre... je l'ai trouvée sur ma tasse... elle me dit : « Cette nuit,... dans l'étang... » Ah ! il est trop tard !... elle est morte !... et c'est moi !...

Il ne peut achever, il chancelle, tourne sur lui-même, et s'abat sur le parquet, la face en avant.

— Ma fille Denise noyée ! répète Mᵐᵉ Duclerc.

Et, bondissant comme une tigresse qui sent ses petits menacés, elle s'élance vers l'étang, suivie des personnes étrangères et des domestiques attirés par le bruit.

M. Duclerc, immobile, les yeux hors de la tête, reste comme une statue, murmurant seulement :

— Ruiné ! Je suis ruiné !

Quant à la sœur aînée, Honorine, au lieu de suivre sa mère et de se joindre à ceux qui recherchent le corps de Denise, elle regarde Louis Bertrand étendu sans connaissance, et s'approche de son ami Camille qui s'efforce de la rassurer.

Telles sont les scènes qui ouvrent ce récit palpitant, qui a eu un si grand succès dans le journal la France, scènes qu'il retrouvera dans cette nouvelle publication, impatiemment attendue du public.

Le nom de M. A. Mathey est à présent trop connu pour que nous ayons à le présenter à nos lecteurs. Tous ceux qui ont lu la Revanche de Clodion et la Brésilienne, tous ceux qui lisent Zoé Chien-Chien et le Pendu de la Baumette, en cours de publication dans la France et la Petite République française, voudront lire l'Étang des Sœurs grises, le récit de cette lutte entre deux sœurs, lutte sournoise et sanglante à la fois, qui sème le désespoir et les cadavres sur leur route.

On n'a jamais écrit un drame plus poignant, poussé plus loin l'analyse de ces deux passions terribles : l'amour et la jalousie ! rendu avec plus de vérité et de relief des caractères plus saisissants, mieux pris sur le vif.

Cela se passe de nos jours, sous nos yeux ; ce sont nos mœurs, nos préjugés, nos violences et nos ridicules.

Le rire se mêle aux larmes ; chaque chapitre assurera une nouvelle surprise, une nouvelle péripétie, et l'on sent que cela est vrai, que cela a dû se passer ainsi, que cela est arrivé, en un mot. Nous sommes certains d'un succès encore plus grand, s'il est possible, que pour les romans précédents de M. A. Mathey.

(Voir la première livraison qui paraîtra lundi 22 courant.)

PARIS. — IMPRIMERIE F. DEBONS ET Cᵉ, 16, RUE DU CROISSANT